HARPER in WINTER

De la même autrice, dans cette série :

HARPER IN SUMMER
HARPER IN FALL (IN LOVE)

HANNAH BENNETT

HARPER *in* WINTER

RAGEOT

TUPPA ♥ **MUMMA** (ma grand-mère maternelle)

(mon grand-père maternel)
A été **hippie**. Ne s'en est jamais remis.

Passe plus de temps à ses stages de développement personnel qu'avec sa famille. Défend l'artisanat péruvien au détriment de sa **crédibilité esthétique**.

MARK ♥ **BRITTANY**

(mon oncle, le frère de ma mère)
Passe son temps sur son ordinateur, son téléphone ou son **journal**.

(ma tante, sa femme)
Pense que le **catalogue** de chez Tiffany est un vrai livre.

REBECCA ♥ **ESTON** (mon père)

(ma mère) M'a laissé traverser la rue seule pour la première fois à onze ans et demi. A fait une crise d'**angoisse**.

C'est juste pour préciser que je ne suis pas orpheline. Vit en **Suède** avec un mannequin qui s'appelle Inger.

♥ **JUSTIN** (le petit ami de ma mère)
Ne mange que des légumes. Prend l'air **mal à l'aise** dès qu'il doit nous adresser la parole.

PRANNY ♥ **GRANNY** (la grand-mère de Josh)

(le grand-père de Josh)
Joue de la **guitare**.

Joue de la **guitare** et fait une **fixette** sur le génocide juif.

SEAN ♥ **LAUREN** (sa femme)

(le père de mon meilleur ami, **le meilleur ami** de ma mère)
Le père **le plus cool de la terre**.

Lit toute la journée.
Par conséquent, est la mère **la plus cool du monde**.

BEATRICE (ma cousine infernale)
A dû réussir à vendre son âme au **diable**,
mais contre des **sweaters pastel**.
Me pourrit la vie dès qu'elle
en a l'occasion – à peu près
quatre fois par an.

PENELOPE (ma cousine zombie)
Contrairement aux apparences,
n'a pas vendu son âme au **diable**,
probablement parce que signer
son nom lui demanderait
trop d'**efforts**.

HARPER
(moi)
Supercool...
Et terriblement drôle !

BENJI (mon petit frère)
Est un **cafard**.
Surintelligent, d'accord,
mais un **cafard**
quand même.

JOSH
(mon meilleur ami)
Mon meilleur ami depuis la naissance.
Vit de l'autre côté de la rue.
Basketteur et, paraît-il,
plutôt **mignon**.
Drôle mais moins
que moi...
C'est Josh, quoi !

POPPY (la sœur de Josh)
Gravement **perturbée**.
A pour ambition dans la vie
de courir toute **nue** et
d'élever des bestioles
dans des bocaux.

Cet ouvrage a été imprimé sur un papier issu de forêts gérées durablement, de sources contrôlées.

ISBN : 978-2-7002-5922-3

Couverture : © Newsoul/Shutterstock.

« I had tender feelings that you made hard
But it's your heart, not mine, that's scarred
So when I go home I'll be happy to go
You're just somebody that I used to know
You don't need my help anymore
It's all now to you, there ain't no before
Now that you're big enough to run your own show
You're just somebody that I used to know. »

Elliott Smith,
Somebody that I used to know
Figure 8, 2000
DreamWorks Records.

Ce tome est dédié aux playlists de Noël
et à l'existentialisme potager.

Chapitre 1

Vendredi 1er décembre

Quand je suis descendue pour le petit-déjeuner, mon petit frère Benji était déjà à table, ce que j'aurais à peine remarqué s'il n'avait pas porté des cache-oreilles. Il en a soulevé un et m'a demandé :

– Tu sais quel jour on est ?

J'allais lui répliquer que je n'étais pas son calendrier perso quand le chaos est entré dans la pièce.

Un chaos très maternel, qui portait un sweat-shirt « Team Santa » tellement pailleté qu'on aurait pu l'accrocher au plafond pour éclairer la pièce.

Comme je l'ai aussitôt craint, Mariah Carey s'est mise à beugler « Tout ce que je veux pour Noël, c'est toi[1] » !

1. *All I want for Christmas is you*, Mariah Carey, Merry Christmas, 1994.

(C'était déjà la flippe pour moi, je n'imagine même pas pour le malheureux garçon à qui cette chanson est destinée…)

– Préparation de Noël ! a hurlé ma mère avant de chanter en chœur avec Mariah.

C'était encore pire que les années précédentes.

– Maman, si je fais une paralysie faciale, ce sera à cause de ta playlist, ai-je dit.

– Si tu fais une paralysie faciale un jour, ce sera plutôt à force de balancer des vacheries, a répondu ma mère, avec un grand sourire.

Un peu limite de la part d'une femme qui m'avait dit, pas plus tard que la veille, qu'elle avait connu des momies plus dynamiques, alors que j'étais tranquillement sur le canapé, devant mon ordinateur à échanger des morceaux avec Declan et Mackenzie.

(Mackenzie a des goûts particulièrement bizarres, depuis des chants du Moyen-Âge en passant par de la transe-pop expérimentale. Chaque fois qu'elle postait un morceau, Declan envoyait un gif qui montrait un type dans une pièce vide, avec marqué « Save me ». Je lui ai fait remarquer qu'ils avaient des gènes en commun. Il m'a répondu qu'il avait sans doute été adopté.)

Je me suis assise au bar de la cuisine pour avancer la lecture de *La Ferme Africaine*, et franchement, je me suis demandé pourquoi mon prof de littérature, le divin Mr. Gray, me l'avait conseillé pour résoudre mes problèmes de cœur. Il n'y en avait que pour l'Afrique et la ferme. (Cela dit, j'aurais pu me méfier en lisant le titre.)

Est-ce que ça voulait dire qu'il fallait que je m'exile dans une ferme pour cultiver mes propres légumes ? Une espèce de retraite potagère où je découvrirais qui j'étais vraiment, la bêche à la main, en contemplant des courgettes ? Justin, le-petit-ami-vegan de ma mère, et Mumma, ma grand-mère, auraient fortement approuvé cette idée. Bon, peut-être pas Mumma qui sait que la seule fois où j'ai jardiné de ma vie, j'ai réussi à m'entailler le pouce avec une pelle en plastique…

Si c'était pour me pousser au suicide, *Roméo et Juliette* aurait suffi. Mais Josh et moi étions déjà passés par là, avant qu'il décide que j'étais la pire personne de la Terre, doublée d'une petite amie infidèle et incapable d'amour vrai, tout ça parce que Declan m'avait fait une déclaration – non sollicitée, en plus.

Mon grand-père, Tuppa, est arrivé dans la cuisine, vêtu d'un tee-shirt où il y avait écrit « Top of the flop », d'un bas de pyjama qui devait avoir à peu près son âge, et de bottes de moto. Il revenait du jardin, où il avait cherché en vain un journal à ramasser, comme si nous avions été projetés dans un autre espace-temps et que nous vivions tous soudain dans la banlieue de Washington en plein milieu des années soixante.

– Il y a une voiture devant la maison, avec un garçon dedans, a annoncé Tuppa avant de se servir un café.

Ma mère a fait un bond vers la porte vitrée. Un peu optimiste, étant donné que Tuppa avait parlé d'un garçon dans une voiture, pas d'un vegan sur un vélo –

donc pas de Justin-son-petit-ami avec qui elle s'était méchamment disputée la veille au soir, à cause de Noël.

Même si se disputer, pour Justin, voulait dire répéter « Je ne suis pas d'accord avec ta conception des choses » avant d'enfourcher son vélo pour rentrer chez lui, pendant que ma mère bramait qu'il tuait Noël une deuxième fois.

(Pourquoi une deuxième fois ?)

– C'est Declan, a dit ma mère, embêtée. Est-ce que vous aviez convenu qu'il viendrait te chercher ?

J'ai haussé les épaules.

– Ce matin, vraiment, Harper ? a-t-elle insisté. Ce n'est pas très sympa pour Josh.

– Pauvre Josh, en effet, ai-je fait remarquer. Tu crois que l'air de Miami lui a fait du bien ?

Comme il s'était fait expulser du lycée pour avoir frappé Declan, mon non-petit-ami, et que je lui avais soi-disant brisé le cœur, ses parents l'avaient emmené visiter Miami toute une semaine. Je trouvais ça proprement injuste. Ma mère m'aurait sans doute fait recopier une encyclopédie.

La voiture de Sean était de nouveau devant chez eux depuis la veille au soir. Josh ne s'était pas montré. Il reprenait le lycée ce matin-là. J'avais – un peu – espéré qu'il viendrait me parler. Même pas. J'avais le cœur ravagé et je m'étais donc tapé un pot de yaourt glacé devant ma fenêtre, en écoutant Elliott Smith.

– C'est LE Declan ? a questionné Tuppa. Le Declan qui fait des photos ?

Il a eu un rictus ironique, par solidarité pour Josh, je suppose. Il se sentait apparemment très proche de lui depuis que lui-même avait frappé le nouveau prétendant de Mumma (avec qui il était en pleine séparation), ce qui avait eu pour conséquence qu'elle était partie vivre chez Granny et Pranny et qu'on avait hérité de Tuppa à sa place. Ma mère semblait bien plus détendue, probablement parce qu'ils devaient passer leurs soirées à partager des bières en critiquant mes choix.

– Parfois, Harper, je me demande si tu as un peu de cœur, a dit ma mère d'un ton dramatique.

J'avais un cœur, et il était brisé en deux aussi, ce que tout le monde niait depuis une semaine parce que c'était bien plus pratique.

– J'ai l'impression que le cœur n'est pas le problème, a souligné Tuppa. Qu'est-ce que c'est encore que cette musique infecte ? Est-ce que tu veux tous nous rendre fous ?

– Comme si c'était possible… a rigolé ma mère.

Sa bonne humeur de Noël était tellement exagérée que j'ai failli lui demander de rendre la drogue qu'elle avait planquée dans son traîneau.

George Michael s'est mis à geindre qu'à Noël dernier, il avait donné son cœur[1]. Tuppa a demandé à Benji s'il avait d'autres cache-oreilles et comme Benji ne lui répondait pas, il est sorti de la pièce en mar-

1. Paroles de la chanson *Last Christmas*, de Wham !

monnant je ne sais quoi à propos de Jimi Hendrix. Je me suis empressée de lui emboîter le pas.

Quand je suis montée dans la voiture de Declan, il m'a fait un sourire, un peu empêché par la cicatrice toute neuve qu'il avait à la lèvre grâce à Josh. Il m'a expliqué qu'il était parti plus tôt pour déposer un truc chez son copain Brod et qu'il avait eu envie de passer me prendre au passage.

– Pourquoi est-ce que ta mère nous fait des signes derrière le rideau ?

– Ignore-la, ai-je répondu. Si on ne la regarde pas, elle repartira sans doute au pays du Père Noël avec sa copine Mariah Carey.

Du coup, je lui ai demandé comment allait sa lèvre. Il m'a décoché une œillade terrible derrière ses lunettes de soleil.

– Presque guérie, a-t-il dit. Tu veux vérifier ?

– Tu as un certificat médical ? ai-je répliqué.

Ce qui était stupide, parce que de toute façon, aucun médecin n'aurait écrit « apte au baiser » sur un certificat.

Et puis franchement, que se passerait-il si on était jugés inaptes ? On serait interdits de baisers toute notre vie ? Pendant que Declan se fixait sur la route, je me suis mise à imaginer toutes les excuses qu'on trouverait sur les dossiers médicaux. « Vu l'avancée des dents de Patrick, pour sa propre sécurité ainsi que celle de ses partenaires, il nous est impossible de le déclarer apte à embrasser. » Les médecins spécialisés s'appelleraient probablement des labiologues. Le gouvernement mettrait peut-être en place des centres de rééducation. Ou des camps de vacances. Il n'y aurait évidemment aucun moyen que ma mère m'y envoie.

– Tu penses à quoi ? m'a demandé Declan.

– Aux centres de rééducation de baisers, ai-je lancé bien trop spontanément.

– Je vois, a-t-il dit. Une fois, j'ai embrassé une fille qui avait la lèvre supérieure super-développée. Chaque fois, j'avais l'impression de sortir d'un car wash.

Je l'ai remercié pour cette anecdote chatoyante.

Pendant le reste du trajet, nous avons papoté de tout et de rien.

Quand Declan parlait, il avait une expression rêveuse qui lui donnait l'air de sortir d'une de ses photos. Puis, brusquement, il riait et, là, son visage s'éclairait d'un seul coup. À un moment, je ne l'ai plus écouté. J'ai remarqué ses cheveux, juste derrière les oreilles, qui paraissaient à la fois drus et doux, comme ceux d'un chiot. J'avais méchamment envie de glisser mes doigts dedans.

– J'aime bien l'inattendu, m'a-t-il dit, pendant qu'une vieille dame mettait dix mille ans à traverser la rue en nous jetant des regards outrés sans raison apparente. Le truc qui te tombe dessus, alors que vraiment, tu n'avais pas imaginé que les choses se passeraient ainsi. Ça t'est déjà arrivé ?

Je lui ai répondu qu'une fois, j'avais craché du Coca par le nez.

Chapitre 2

Samedi 2 décembre

Consignée pour la journée.

Hier matin, ma mère n'agitait pas les bras pour nous dire au revoir mais pour m'interdire de monter dans la voiture de Declan.

La théorie selon laquelle je payais ma vie antérieure se confirmait : j'étais définitivement une martyre. Condamnée à rester enfermée dans sa cellule de souffrance à écouter Bing Crosby en boucle.

En plus, ma mère avait entrepris de nous faire expulser en drainant toute l'électricité du quartier avec les décorations de Noël du jardin.

Ça n'a pas trop plu à son petit ami Justin-le-vegan qui était passé avec un panier bio de réconciliation (c'est vrai, pourquoi offrir bêtement des fleurs ?). Trois minutes plus tard, ils se disputaient de nouveau.

– Est-ce qu'avoir un traîneau lumineux dans ton jardin justifie de faire marcher les centrales nucléaires de tout le pays, Becca ? a-t-il demandé en montrant l'immonde attelage clignotant installé sur notre pelouse.

(Il ne rigolait pas du tout.)

– Je suis écolo toute l'année, s'est justifiée ma mère. Mon Dieu, Justin ! Ce que tu peux être rabat-joie ! Je recycle mes déchets, j'ai des ampoules basse consommation, je mange bio. J'achète même le café du commerce équitable et je peux te dire qu'il n'a rien à voir avec ceux du Starbucks !

En entendant ce nom, Justin a sifflé entre ses dents, ce qui n'a pas plu à ma mère.

– Viens-tu de siffler entre tes dents ? a-t-elle demandé.

J'ai pensé très fort : « Ne réponds pas, Justin ! » mais visiblement, il est aussi nul en télépathie qu'en instinct de survie.

– Effectivement, a-t-il lâché en croisant les bras. Je siffle d'admiration devant ton détachement concernant l'avenir de notre planète.

Derrière ma mère, Benji s'est tranché la gorge avec un couteau imaginaire.

– Tout ça pour quoi ? Pour célébrer un mec qui n'a probablement jamais existé.

– Si j'étais toi, je ne m'en prendrais pas à George Michael en période de Noël, Justin, ai-je murmuré.

Comme par hasard, personne ne m'a trouvée ultra-drôle.

– Merci pour les légumes, a répondu ma mère. Ils auraient été sans doute encore meilleurs sans cet assaisonnement à la morale.

Puis elle est partie s'enfermer dans son bureau, escortée par tout le casting de Glee qui chantait *Last Christmas*.

Pour comble de la torture, Tuppa (qui n'a pas le droit de regarder la télévision chez lui parce que Mumma pense que c'est un outil du capitalisme) s'était auto-octroyé un droit inaliénable sur la télécommande. En outre, il avait développé une relation particulièrement intime avec notre canapé.

Ainsi que d'une passion inquiétante pour le téléachat.

Quand je me suis assise à côté de lui dans une vaine tentative de faire comprendre que j'étais là et que j'avais besoin de soutien, il se passionnait pour un robot multifonctions.

– Est-ce que tu as vraiment envie de faire des fleurs en épluchures de concombre, Tuppa ? lui ai-je demandé, non sans une certaine sollicitude.

– Ce ne serait pas plus idiot que de se prendre en photo avec des oreilles de chat sur son portable, a-t-il répondu du tac au tac, sans lâcher des yeux une blonde de son âge en train de s'extasier de façon dérangeante sur des crudités.

– Je ne fais jamais ça ! me suis-je insurgée.

Quand il a rigolé, j'ai compris qu'il parlait de ma mère.

Chapitre 3

Dimanche 3 décembre

Justin est revenu avec le DVD de *Love Actually* dans une nouvelle tentative de réconciliation.

– Quelle charmante attention, lui a dit froidement ma mère. Mais vois-tu, mon écran plat consomme beaucoup et je fais des économies d'énergie. Si tu veux regarder un film, tu n'as qu'à pédaler.

Il n'a pas souligné le fait qu'on entendait Tuppa hurler devant un match de hockey depuis le salon et est reparti sur son vélo. J'ai presque eu de la peine pour lui. Et puis je me suis souvenue qu'il m'avait forcée à manger du panais un jour, sous prétexte que « tout ce qui est nouveau n'est pas obligatoirement bon, Harper ». Ce qui était vieux non plus. Visiblement, ma mère pensait la même chose le concernant.

Chez Josh, rien ne bougeait. C'en était même inquiétant. J'avais vu Sean sortir de la maison à l'heure du déjeuner mais aucun signe de vie du côté de Josh. Ni de Lauren.

La seule à qui j'ai parlé a été Poppy qui est venue emprunter de la colle de la part de son père.

– De la colle pour quoi ? a demandé maman.

– Pour recoller le cœur de Josh, a répondu l'effroyable enfant tout bas en me regardant droit dans les yeux.

Puis elle a ajouté avec un rictus prétendument innocent vers ma mère :

– Papa a cassé le bras du lutin mécanique.

– Quel dommage ! a bramé ma mère.

Et elle lui a apporté de la colle à papier en prétextant qu'elle n'avait rien d'autre, ce qui était aussi faux que son sourire.

La guerre de la déco de Noël avait commencé.

Puis Poppy est repartie, non sans me dire, toujours à voix basse :

– Ne t'avise pas de te présenter sur mon chemin, mangeuse d'hommes !

Comme je n'étais plus consignée, j'ai tenté une échappée vers Mackenzie. Elle ne répondait pas au téléphone, ni sur le Net. J'ai donc appelé Declan.

Il a eu l'air embêté.

– Je n'ai pas tellement le temps, là, a-t-il dit.

J'ai entendu un rire strident derrière lui. Un rire de fille.

– Oh non, Emily, ne fais pas ça ! s’est-il exclamé en rigolant aussi.

Et il m’a raccroché au nez.

Qui était Emily ?!

Chapitre 4

Lundi 4 décembre

Declan n'est pas venu me chercher pour aller au lycée et j'ai dû partir dix minutes plus tôt pour éviter Josh. Quand je suis passée devant chez lui, j'ai vu Poppy qui m'observait derrière la fenêtre, le visage aussi impassible que la mini-mafieuse qu'elle est.

De la grille à l'entrée du bâtiment principal, comme tous les matins depuis l'affaire de la bagarre entre Josh et Declan, la plupart des élèves m'ont dévisagée d'un air hargneux J'étais officiellement l'ennemie publique numéro un, grâce à la merveilleuse publicité faite à mon encontre par No Mercy et ses copines les pom-pom girls sautillantes.

En arrivant à mon casier, j'étais hyper soulagée de voir enfin un visage ami, à savoir Mackenzie.

Sauf que je ne pouvais pas la regarder en face, parce qu'elle portait une parka militaire d'un vert qui rendait ses cheveux roux presque fluo.

– Ça me dégoûte, a-t-elle dit. Declan est encore plus populaire qu'avant et toi, tu te fais limite huer.

J'ai eu envie de la questionner sur Emily mais j'ai décidé que j'avais plus de dignité que ça.

Je me suis demandé si la popularité de Declan avait quelque chose à voir avec le fait que Charity avait dit à la cantine que Declan avait largué Mercy alors qu'ils avaient couché ensemble. Mercy lui avait demandé de se taire mais Charity était trop emportée par son sens du *drama* pour s'arrêter. Bizarrement, le jour même, tous les garçons se sont mis à taper Declan dans le dos. À la fin de la journée, j'ai cru qu'il allait avoir besoin de séances de kiné.

J'ai ouvert mon casier et une enveloppe est tombée. Dedans, il y avait une seule phrase tapée à l'ordi. Évidemment, pas de signature.

« Les gens orgueilleux se forgent à eux-mêmes de pénibles tourments. »

– Un corbeau, maintenant ! s'est exclamée Mackenzie. De mieux en mieux ! Je suis sûre que c'est un coup de No Mercy.

– Ça m'étonnerait, lui ai-je dit. C'est trop bien écrit pour être une parole de Rihanna.

Mackenzie a ri.

Puis elle a eu un air super bizarre. J'ai tourné la tête dans la direction qu'elle regardait.

Josh venait d'apparaître au bout du couloir, entouré de ses potes de l'équipe de basket. Josh, avec son air cool et fermé à la fois, son sac sur une épaule et son ballon de basket accroché à la hanche. J'ai eu le réflexe de lui faire un petit signe de la main, et, heureusement, je me suis retenue à temps.

– Est-ce que tu as fait ton devoir de maths ? m'a soudain demandé Mackenzie en se plantant devant moi.

J'ai balbutié que oui, évidemment.

Quand elle s'est poussée, Josh et sa bande nous avaient dépassées. J'ai dû avoir une expression tellement désespérée qu'elle m'a tapoté le dos en disant « Là, là ».

J'étais vraiment désespérée, en fait.

J'aurais compris qu'il me jette un regard à la Josh, voire une vanne. Après tout, je lui avais menti. Mais ce qu'il avait fait là me semblait pire que tout. Pire que la fois où il m'avait renversé son tube à essai sur la tête « sans faire exprès » alors que Stacey m'adressait enfin la parole, et que j'avais passé le reste de la journée avec les cheveux collés d'un seul côté. Pire que toutes les fois où nous nous sommes disputés pour avoir le dernier Oreo jusqu'à ce qu'il finisse par le lécher, en me regardant droit dans les yeux, et que je rentre chez moi en pleurant de rage.

Il ne m'avait même pas regardée.

– Eh, Harper, m'a dit Flynn qui suivait en courant. Garde la forme ! On te prévient si on a besoin de dégommer l'équipe adverse.

Mackenzie lui a dit d'aller mourir. J'ai eu envie de suivre aussi son conseil.

J'ai gardé la boule dans la gorge jusqu'à ce que nous arrivions en cours de littérature. J'ai eu le temps d'apercevoir Shiny assise à côté de Josh, avant de m'asseoir tellement vite que j'ai failli louper la chaise.

Mercy et Charity avaient migré juste derrière eux, tels deux serpents attendant de fondre sur leur proie.

Mr. Gray a commencé à nous parler de Steinbeck en arpentant la salle, les cheveux au vent.

Il avait mis son jean moulant noir. Bizarrement, je me suis sentie un peu mieux. Contrairement à Mackenzie à qui j'ai proposé un sac en papier pour qu'elle puisse se remettre à respirer normalement.

– Je suis sûre que sa femme est une de ces horribles nanas qui parlent avec l'accent new-yorkais pour cacher le fait qu'elles n'ont rien d'intéressant à dire, m'a-t-elle murmuré.

Elle ne se remettait pas de ce coup, là. Mr. Gray est passé devant nous en agitant les mains. Nous l'avons regardé remonter l'allée jusqu'à son bureau.

– Si j'ai un D de moyenne en littérature cette année, je ferai un procès à l'inventeur des jeans slim, a murmuré Mackenzie.

Mais on voyait clairement dans ses yeux qu'elle ne regretterait rien.

Quand le cours s'est terminé, Mercy s'est levée d'un bond.

– Monsieur ? Je peux faire une annonce ?

Il a hoché la tête et a croisé les bras, appuyé nonchalamment contre le mur. Mackenzie a poussé un couinement.

– Cette année, le comité des fêtes dont je suis la présidente a finalement décidé de donner un thème : « Just the two of us ». Les billets seront en vente dès ce midi. Aucune inscription en solo ne sera admise.

La soirée avait lieu le samedi de la semaine suivante. Soit quinze jours après l'annonce. Le lycée allait ressembler à une foire d'empoigne toute la semaine. On pouvait même redouter des gestes de désespoir du côté du club de loisirs créatifs. Le taux de suicide par ingestion de sequins risquait d'augmenter de façon dramatique.

– Ultra-progressiste, a dit Mackenzie, rouge de colère. Est-ce qu'il faut être hétéro aussi ?

– Pourquoi ? a demandé Mercy. Tu veux amener ta petite amie, Mack ?

– Et si c'était le cas ? a rugi Mackenzie. Ça te poserait un problème ?

– Aucun, a-t-elle répondu. Mais te concernant, j'ai peur que ça prenne plus de deux semaines pour que quelqu'un accepte de t'accompagner, quelle que soit son orientation sexuelle.

– Juste le temps que tous les garçons du lycée arrivent à s'extirper de ta toile à force de se débattre en hurlant de terreur, ai-je lâché.

– Je ne te parle pas, Harper, a dit Mercy, sans se rendre compte qu'elle le faisait à ce moment précis.

Contrairement à ta copine, tu n'auras aucun mal à trouver un cavalier d'ici samedi, de préférence en le piquant à une autre.

– On arrête là, est intervenu Mr. Gray en faisant un petit geste à Mercy. Avant que tout ça dégénère en nouvelle guerre de Troie.

– De quatre, a bramé Charity en se levant d'un air passionné. Je suis avec toi, Mercy !

Mr. Gray a eu un petit arrêt, comme à chaque fois que Charity ouvre la bouche, ce qu'elle prend toujours pour un encouragement.

– Si les têtes d'ampoule se mettent à nous piquer nos petits copains, c'est le monde à l'envers, a dit Charity. On ne peut pas accepter ça, monsieur. Est-ce que nous on se permet de leur voler... je ne sais pas, moi... leurs livres ?

– Vous seriez obligées de les lire, a répondu Mackenzie. Certaines d'entre vous n'y survivraient pas.

– Mackenzie... a murmuré Mr. Gray.

Ça a eu l'effet de faire taire Mackenzie instantanément. J'ai presque été jalouse. Je serais morte pour qu'il murmure mon prénom comme ça. Mackenzie a rougi violemment et s'est mise à ranger ses affaires.

Au moment où elle allait passer la porte, Mercy l'a méchamment torpillée.

– C'est à cause des filles comme vous que nous avons mauvaise réputation, a-t-elle balancé.

Mais c'est moi qu'elle regardait dans les yeux.

– Ne sois pas inquiète, Mack, a-t-elle ajouté. Tu pourras toujours tenir le stand des boissons.

Elle a commencé à partir puis s'est retournée pour nous balancer :

– Oh, j'oubliais ! Il y aura le nouveau classement de popularité juste après. On hésite encore entre vous deux, pour la dernière place.

Quand elle a disparu dans le couloir, Mackenzie s'est tournée vers moi, le visage déformé par la colère.

– Ras-le-bol ! a-t-elle bramé. Pour qui se prennent-elles, à la fin ?

Ses yeux ont été traversés d'un éclair, soudain. Un instant, j'ai vu la très nette ressemblance avec Declan.

– Ce classement débile ! Selon quels critères ? Les leurs ? Ce n'est pas comme si ça demandait des foules d'efforts d'être comme elles !

– Décérébrées ?

– Populaires, a précisé Mackenzie.

J'ai eu envie de lui dire que c'était plus difficile qu'on le pensait, d'autant que je l'avais testé l'été d'avant, et que tout ce que j'avais obtenu, c'était une grosse perte de dignité devant un garçon qui me plaisait. Mais Mr. Gray m'en a empêché en lançant depuis son bureau :

– Gardez votre ingénieuse inspiration pour l'atelier d'écriture de demain !

D'une voix tellement rigolarde qu'elle nous a propulsées dehors.

Quand Mackenzie lui a répondu « D'accord », nous étions déjà limite en classe d'espagnol.

Quelques heures plus tard, durant le club de lecture, Andrew Morales, notre animateur féministe autoproclamé, a décidé de mettre en place des lectures communes et des débats, maintenant que nous avions un statut officiel. Le fait que c'était mon intervention qui nous avait sauvés de la disparition ne lui a pas effleuré l'esprit[1], quand j'ai présenté *La Ferme africaine*. Pourtant, mon discours claquait comme le drapeau américain au vent, juste devant les fenêtres de la salle d'arts plastiques qu'on nous avait prêtée pour l'occasion.

Je leur ai raconté l'histoire de Karen Blixen ; comment elle tombe amoureuse d'un aventurier alors qu'elle est avec son mari pour exploiter ses terres en Afrique et comment elle écrit son livre à partir de cette histoire.

– Son mari et elle étaient donc des colons, a déclaré Andrew Morales. Tu sais très bien que nous luttons pour les droits de tous les natifs.

Je lui ai demandé qui était « nous ». Il s'est redressé. Derrière lui, Sara et Lian Ten hochaient frénétiquement la tête.

Jeremiah Blair-Wood, comme à son habitude, n'écoutait pas vraiment, plongé dans une encyclopédie de la Terre du Milieu.

– Le club de lecture.

– Depuis quand le club est-il politisé ? ai-je demandé.

1. Voir *Harper in fall (in love)*.

– Depuis quand la littérature est-elle politisée, à ton avis ? a rétorqué Andrew. Livre suivant !

Sara Bristen s'est lancée dans une critique exaltée de *Nos étoiles contraires,* un roman sur deux adolescents atteints d'un cancer, puis Lian Ten a présenté un essai sur l'intégration des populations asiatiques aux États-Unis. Jeremiah Blair-Wood a demandé si nous étions tous d'accord pour apprendre l'elfique. Personne ne voulait.

Enfin, Andrew a sorti *Les quatre filles du docteur March,* son livre fétiche. Nous nous sommes tous éparpillés comme une volée de moineaux, sauf Jeremiah qui n'avait rien suivi parce qu'il boudait dans son coin. Avant de refermer la porte de la salle d'arts plastiques, j'ai vu son regard au moment où Andrew fondait sur lui.

La version officielle retiendra qu'il voulait dire : « Continuez sans moi, je suis foutu ».

Chapitre 5

Mardi 5 décembre

Dès le début de l'atelier d'écriture de Mr. Gray, j'ai su que nous allions plonger dans les ennuis comme ma mère dans le pot de glace au marron qu'elle cache derrière les carottes surgelées.

(C'est exactement ce qui s'est produit, pour Mackenzie et pour moi, à cause de l'idée que ça lui a donné.)

D'abord, il y avait Josh.

À un atelier d'écriture.

Un peu comme si, moi, j'avais décidé de faire partie de l'équipe de relais.

(Pourcentage de chances que je me prenne le bâton de relais dans l'œil dès la première passation : 99 %.)

Ensuite, il y avait Flynn – dont je tiens à rappeler que le seul mot dont son vocabulaire s'était enrichi en un an était « scorer » et qu'il parlait de filles (pas de paniers de basket).

Et Zach, le plus gentil de l'équipe, qui nous a dit bonjour et s'est glissé à côté de Mackenzie, laquelle lui a juste adressé la parole pour lui dire de dégager.

Mr. Gray nous a expliqué qu'il avait eu l'autorisation d'ouvrir l'atelier à condition que les élèves en difficulté puissent le suivre. Josh a évidemment demandé la différence entre « pouvoir » et « devoir ». Mr. Gray a répondu qu'à bien des égards, il *devrait* lui mettre son pied aux fesses mais que hélas, il ne le *pouvait* pas.

J'ai ri.

(Peut-être pas très naturellement, j'avoue.)

Josh m'a regardée en ouvrant la bouche, puis il a secoué la tête d'un air méprisant et a détourné la tête.

Mr. Gray a commencé tout un speech sur l'écriture, duquel j'ai retenu qu'il fallait observer pour écrire, et aussi chercher en soi.

– Comme dans *La Ferme africaine* ? ai-je demandé.

Flynn m'a aussitôt traitée de toutou du prof.

– Comme dans beaucoup de livres, a répondu Mr. Gray. Aujourd'hui, je vais simplement vous demander de réfléchir sur un sujet qui vous tient à cœur, un sujet de votre quotidien, auquel vous êtes confrontés tous les jours. Ça n'est pas obligatoirement un sujet polémique ou un problème, ça peut être tout simplement ce que vous pensez de votre vie, ce qui nourrit vos questionnements ou qui vous donne de l'élan.

Flynn a demandé s'il pouvait parler de ses pieds et il a ri à sa propre blague.

– N'importe quel sujet ? est intervenu Josh.

Je crois qu'on a tous sursauté, de vraie et authentique surprise. Josh avait parlé normalement à un prof pour poser une question. Pas une question insolente. Une véritable question.

– N'importe quel sujet, a confirmé Mr. Gray.

– Parfait, a répondu Josh.

Je n'ai pas été capable de savoir si c'était de l'ironie ou non, mais j'ai frémi, surtout quand, chose incroyable, il a viré les pieds de Flynn de sa table et s'est mis à écrire.

Mackenzie grattait déjà avec frénésie sur sa feuille.

J'ai commencé à dessiner sur la mienne, pour réunir mes idées. Un sujet du quotidien… Le seul sujet qui me remplissait l'esprit était mes relations avec Josh et Declan et aussi un peu mon interrogation à propos de l'existentialisme potager. Si je partais sur cette idée, je pourrais appeler mon papier « La Ferme américaine ».

Super, j'avais déjà le titre.

Mr. Gray s'est penché sur ma feuille et j'ai senti son parfum, sûrement un parfum français, ce qui m'a empêchée de lui répondre tout de suite quand il m'a dit :

– Je ne te demande pas d'imiter, Harper. Tu dois chercher dans ton quotidien, dans ce qui t'est familier. Il n'y a pas beaucoup de fermes à Seattle.

Le souci, c'était que je n'avais pas envie d'écrire sur Josh et Declan.

J'ai regardé autour de moi.

Tout le monde était plus ou moins en train de travailler.

Même Josh écrivait – Josh ÉCRIVAIT.

Et moi, rien ne venait. Nada.

Ce n'était pas normal et encore moins juste ! C'était mon truc ! Le seul qui justifiait que je n'aie développé aucune des autres compétences qu'on attendait de moi depuis le jardin d'enfants, comme la danse classique ou un peu de sens pratique !

Pour quitter l'angoissant vide de la page blanche, mes yeux ont cherché la seule personne qui aurait pu me sortir de ce marasme. Mais Mr. Gray était occupé à lire le brouillon de l'inepte Sara Bristen, qu'elle avait frénétiquement couvert de crayon à papier, l'air inspirée (cette fayote). Par moments, il souriait. Son sourire lui faisait une toute petite ride de chaque côté de la bouche et ses yeux verts se plissaient. D'une petite voix douce, il a murmuré à Sara que son texte était très émouvant et que ses adjectifs étaient parfaits.

Je n'ai jamais eu autant envie d'être un adjectif. (Plutôt du genre « merveilleuse » ou « ahurissante » que « inadaptée » et « sociopathe », comme ma vie actuelle le laissait à penser.)

Tout s'est brouillé autour de moi. J'ai vu s'écrire, en lettres dorées, MR. ET MRS. GRAY au-dessus du porche sculpté d'une grande maison victorienne tout en pierre.

Mr. et Mrs. Gray.

Voilà qui simplifierait la situation concernant mes relations amoureuses lamentables. Il suffirait que j'épouse Mr. Gray et que je passe le reste de mon existence à le regarder sourire.

Je serais évidemment obligée de me détourner de mes ambitions potagères. Nous aurions un jardin anglais et une bibliothèque immense en bois foncé. Le soir, Mr. Gray me lirait de la poésie russe en buvant du… de… n'importe quoi d'autre que de la bière – du vin français par exemple. Nos enfants, Emma et Heathcliff, viendraient nous demander des précisions sur les racines latines des mots et nous ririons beaucoup ensemble lorsqu'ils les confondraient avec les racines grecques.

Puis Mr. Gray (Il fallait absolument que je sache son prénom, je ne pouvais pas l'appeler Mr. Gray toute notre vie) me demanderait de lire mes propres écrits à voix haute en me disant qu'il n'avait jamais rien entendu de plus remarquablement juste depuis Karen Blixen.

La voix de Mr. Gray m'a arrachée à ce merveilleux rêve. J'ai fait un bond. Toute la classe me regardait en train de le contempler, un sourire stupide aux lèvres. Tout ce qui est sorti de ma bouche a été un « Quoi ? » qui ressemblait plus au cri de la grenouille épileptique qu'à une vraie question.

– Je te disais que la réponse à tes questions n'était pas écrite sur mon visage, Harper, a-t-il répété.

Cette traîtresse de Mackenzie a gloussé, à côté de moi.

Chapitre 6

Mercredi 6 décembre

– Qu'est-ce qui fait qu'une fille est populaire ? a murmuré Declan en rigolant. Rien que je puisse dire devant ma sœur !

Mackenzie lui a donné un coup de coude dans les côtes. Il a de nouveau ri. Nous étions tous les trois assis sur le muret derrière le lycée, parce que Mackenzie tenait à avoir une discussion privée.

– Elle ne frappe pas les hommes, déjà, a-t-il repris.

– Où, un homme ? a répondu Mackenzie. Allez, Declan, sois cool pour une fois.

– Je suis toujours cool, a rétorqué Declan.

C'était vrai.

– Ma chère et superficielle cousine Beatrice m'a filé une espèce de mémo à ce sujet l'été dernier, suis-je intervenue. D'abord, être ultra-tendance. Ensuite, être ultra-gentille.

Declan a lâché à Mackenzie un « Tu es foutue » qui l'a envoyé aussitôt en bas du muret, dans la poussière. Il n'a pas tellement apprécié. Declan ne rigole pas avec ses vêtements, en général, sauf quand il s'agit de ramper dans des positions bizarres pour avoir le bon angle de photo. Mais même dans ce cas, j'ai remarqué qu'il observait bien le sol avant et que parfois, il l'époussetait du pied.

Pour se débarrasser de la poussière, il a un peu soulevé son tee-shirt au-dessus de son ventre parfaitement plat. Il a mis un temps prodigieux à enlever chaque grain de poussière – c'est fou d'être aussi méticuleux – et je n'arrivais pas à détacher mes yeux de son ventre et de sa minuscule cicatrice en forme de croissant sur le côté droit, juste au-dessus de l'élastique de son boxer noir qui dépassait un peu. Avant même que j'ouvre la bouche, Mackenzie nous a lancé le regard le plus consterné de la terre, avant de me signaler que c'était son opération de l'appendicite.

– Est-ce que ta cousine Beatrice vit dans le monde merveilleux des Bisounours ? a demandé Declan en se rasseyant.

– Si Beatrice mettait un pied dans leur monde, les Bisounours demanderaient aussitôt l'asile politique, ai-je fait remarquer, en me souvenant de son attitude infecte lorsqu'elle s'était aperçue que moi aussi, je pouvais avoir du succès auprès des garçons. Ah, et fréquenter les bonnes personnes, aussi.

– Qui est vraiment populaire au lycée, Declan ? a insisté Mackenzie.

Declan a eu l'air de réfléchir.

– En junior year, Athena Volker-Atros qui tient le classement. En senior year, Mia Broombale.

– Celle qui porte tout le temps un sac à dos panda ? ai-je balancé. Il paraît qu'elle le garde aussi pour se coucher.

– Je t'assure que ce n'est pas ce qui se dit, a répondu Declan avec son sale sourire.

Declan a trois sourires : l'adorable sourire (celui qu'il a eu le jour où il m'a dit qu'il attendrait pour m'embrasser et qui revient de temps en temps), le sourire poli (celui qu'il a au lycée et qui est pas mal craquant) et le sale sourire. En général, quand il a le sale sourire, Mackenzie lui sort : « Tu me dégoûtes ».

Cette fois-ci, elle a ajouté :

– Alors ? Qui d'autre ?

– Sam Chomsky. Et Lexie aussi, qui est dans ma classe d'arts.

– Elles ont toutes un point commun, ai-je souligné.

– Un 90B ? a lâché Mackenzie.

– Elles sont sorties avec un basketteur.

– Tu vois ce qu'il te reste à faire, Mack, a ri Declan. Tu n'as plus qu'à scorer Flynn et c'est dans la poche.

– À propos de basketteur, a murmuré Mackenzie, il semblerait que Shiny Robinson soit aussi dans la compétition.

Vingt mètres devant nous, au milieu du terrain de foot, Josh marchait et Shiny lui parlait en montant sur la pointe des pieds, de façon à ce qu'il voie bien que plusieurs rats de laboratoire étaient morts pour qu'elle puisse porter du mascara.

De l'autre côté du terrain, Charity lui a crié qu'elle l'attendait pour rentrer et Shiny a bramé en retour :

– Ne m'attends pas, Charity ! Josh vient à la maison pour m'aider avec mes pas !

Charity a hurlé « C'est cool ! » et Shiny a répondu « Je sais ! ». S'il ne m'avait pas snobée, j'aurais presque eu de la compassion pour Josh.

Mais en fait, la seule pour qui j'en avais à cet instant précis, c'était moi-même.

– J'aurais dû rester dans le club d'échecs, ai-je dit.

J'ai sauté du muret.

– Et si on continuait au chaud ? ai-je lancé.

– Tu penses à quoi ? a lâché Declan (avec son sale sourire). Tu viens à la maison ?

J'ai fait remarquer que la mienne était plus près. Simple pragmatisme.

– Ça me paraît bien, a statué Declan. Mack ?

– Sans moi, a marmonné Mackenzie. Pas envie de tenir la chandelle.

Elle s'est dirigée vers le parking, sans doute dans l'espoir de voir Mr. Gray monter sur sa moto. Je n'ai pas eu le cœur de lui dire que je l'avais vu partir pendant que j'étais en cours de sciences et qu'il avait secoué la tête au ralenti avant de mettre son casque.

Une fois devant la maison, je me suis informée moi-même de la stupidité de ma décision. Ma mère avait déjà accroché les guirlandes lumineuses aux fenêtres. Quand nous avons passé la porte, Benji nous a accueillis avec un grand sourire, avant de balancer à Declan :

– Est-ce que tu es LE Declan ?

– Tu dois être Benjamin, a répondu Declan. Il paraît que tu es un génie de l'électronique.

Benji lui a jeté une œillade blasée. Puis, comme l'enfant inquiétant qu'il est, il a murmuré :

– Ne crois jamais ce que dit Harper. Souviens-toi que c'est une fille. Et entre couvert.

Il est reparti après avoir remis ses cache-oreilles.

– Pourquoi est-ce que ton petit frère porte des cache-oreilles à l'intérieur ? a lancé Declan.

– Tu vas bientôt comprendre.

J'ai compté. Et j'ai contemplé Declan. Il a d'abord écarquillé les yeux puis un air horrifié a parcouru son visage.

– Est-ce que c'est une version de *Silent Night* par Barbra Streisand ?

Comme un lutin électrocuté, ma mère a bondi dans le couloir, a vu Declan et s'est aussitôt auto-éjectée dans l'autre sens. Peut-être à cause de son serre-tête oreilles de renne. Ou parce que quelqu'un l'avait enfin convaincue de ne plus approcher d'adolescents pour laisser une chance à l'humanité de se reproduire.

Elle est revenue trois secondes après, les cheveux en l'air.

– Declan ! a-t-elle bramé d'un air méga enjoué.

Declan lui a dit bonjour, très gentleman.

– C'est gentil d'avoir raccompagné Harper, même si tu l'as privée de ses dix minutes de sport quotidien.

(Ah tiens ?)

– C'est normal, a répondu Declan avec un sourire (le poli).

Un gloussement est sorti de la bouche de ma mère, en même temps que ce qu'il lui restait d'énergie cérébrale. Sean est entré dans la salle à manger en demandant où était sa clé USB avec le projet pour Stue Harkerman. Quand il nous a vus, il s'est arrêté net.

– C'est Declan, a dit ma mère.

Il fallait qu'elle arrête le coup du rire inquiétant, surtout dans ce genre de situation.

– Je vois, a dit Sean.

J'ai eu la très nette impression que tout ce qu'il voyait, c'était le mot « trahison » écrit sur mon front. Qui avait visiblement remplacé le « tentatrice de mon fils chéri adoré tellement doué pour le basket et si innocent ».

Sean a serré les dents. Ma mère a soupiré puis a dit qu'elle devait absolument lui parler du dîner à organiser pour leur client et qu'elle pensait définitivement qu'une soirée à la maison serait plus son genre. Sean lui a répondu que si Stue Harkerman goûtait à sa cuisine, il (Sean) serait obligé de diviser son devis par deux.

– Vous êtes combien, dans cette maison, exactement ? a murmuré Declan.

– Bien trop, ai-je répondu.

Nous nous sommes assis à la table de la salle à manger, côte à côte, vu que le canapé me paraissait être un endroit dangereux. Bien trop peur de voir débarquer Sean et ma mère.

Peut-être qu'ils avaient finalement réussi à créer un réflexe de Pavlov avec moi. (Le réflexe de Pavlov, c'est quand on habitue quelqu'un à avoir une certaine réaction dans une situation donnée. Dans le cas présent, à ne plus jamais pouvoir s'asseoir dans un canapé avec un garçon sans faire des bonds de trois mètres.) Si c'était le cas, je passerais sans doute toute ma vie assise sur une chaise, toute droite, loin de toute vie sociale et amoureuse.

J'ai proposé quelque chose à boire à Declan qui a poliment accepté un verre d'eau, vu que le lait de coco ne tentait personne. Puis il m'a demandé mon Top 5 des films à regarder en période de Noël. Je lui ai demandé s'il avait fait un pacte avec ma mère pour me pousser au suicide.

– *La vie est belle, La nuit du chasseur, L'étrange Noël de monsieur Jack, Mulan* et *Le Parrain*, a-t-il énuméré.

Je n'avais vu que les dessins animés.

– Je te ferai une séance de rattrapage à la maison.

Là, mon cerveau est définitivement parti en vrille côté canapé. J'ai visualisé le sien et la dernière fois où j'y avais été assise. Enfin, sur lui. Sur lui sur son canapé. Puis j'ai pensé à lui derrière le lycée, quand il avait essayé de m'embrasser mais que sa cicatrice le rendait inapte au baiser.

Je me suis demandé ce qu'en aurait dit le labiologue. Sans doute un « Éloignez-vous de Harper. Non seulement elle se roule sur les canapés mais en plus, elle brise le cœur. »

Dans mon esprit, le labiologue était obligatoirement Sean, parce que je ne voyais pas qui d'autre pouvait avoir pour vocation d'empêcher des adolescents de s'embrasser quand ils le voulaient, à part peut-être Mumma et ses métaphores traumatisantes sur le sexe.

En tout cas, je n'écoutais plus du tout ce que Declan disait. Quand il m'a demandé ce que j'en pensais, j'ai répondu que ça me semblait cicatrisé. Il m'a dévisagée avec un drôle d'air puis il s'est légèrement penché vers moi.

– C'est marrant, a-t-il dit. Quand tu réfléchis, tu fais ce truc avec ta bouche.

J'ai reculé d'un seul coup. Tuppa est arrivé juste à ce moment-là.

– Alors ? Il paraît qu'il y a LE De… a-t-il commencé.

Je me suis juré de tuer Benji. Tuppa a brusquement contemplé Declan comme s'il venait de retrouver la vue.

– Est-ce que c'est bien The Who sur ton tee-shirt ?

Declan a acquiescé.

– Rien à ajouter, a déclaré Tuppa.

Comme je m'y attendais, il a ajouté des tas de choses. Ils se sont mis à parler musique. Tuppa le regardait comme s'il avait son vieux pote Trash Jojo en face de lui, sans les pantalons en velours et les pilules contre la tension, ignorant ostensiblement mes gestes désespérés pour qu'il décampe.

Je me suis tellement agitée que j'ai fini par balancer ma main dans la figure de Declan qui a fait un bond de sa chaise.

– Tu aurais dû rester au club d'échecs, a lancé Tuppa en rigolant. Une reine de la stratégie, notre Harper.

Et il est parti en lançant un à « À plus, amigos » qui, si j'avais été Declan, m'aurait fait quitter la maison et changer d'identité pour que je ne le retrouve jamais.

– Tu as le même humour que ton grand-père, a-t-il balancé.

Je lui ai demandé pourquoi il me voulait du mal.

– Aucun mal, a affirmé Declan.

Avec son sale sourire.

– On en était où ?

Lui, je ne savais pas.

Moi, j'en étais au moment où sa bouche bougeait sans qu'aucun mot compréhensible n'en sorte, d'autant qu'ils étaient couverts par les hurlements de ma mère qui venait de découvrir que Benji avait changé le mot de passe du wifi pour l'empêcher d'accéder à ses playlists.

Chapitre 7

Jeudi 7 décembre

– J'ai une super idée ! s'est écriée Mackenzie devant le lycée où nous attendions Declan.

Et moi, toujours aucun sujet pour l'atelier d'écriture.

– Je vais les battre sur leur propre terrain ! a continué Mackenzie pendant que j'entamais une dépression artistique à côté d'elle. Terminé, le Mercytarisme !

Elle a poussé une série de « Ah ah ah » proprement terrifiants. Sara Bristen qui passait par là a dû croire qu'elle était attaquée par un macaque, parce qu'elle s'est mise à dévaler les escaliers en courant.

– Grâce à Mr. Gray, cet homme merveilleux qui a eu le bon goût de te coller un vent.

Je lui ai donné un coup de coude, elle m'en a rendu un plus fort, j'ai résisté, nous sommes toutes les deux tombées l'une sur l'autre. Devant Zach et Flynn qui sortaient du bâtiment à ce moment-là. Flynn nous a braillé qu'il pouvait nous fournir des bikinis et de la boue, Zach l'a traité de dérangé et, du coup, Flynn lui a enfoncé la tête dans son propre sac à dos. Mackenzie et moi l'avons regardé tituber un moment avant de s'écraser contre une borne d'incendie.

– J'ai mis Declan dans le coup, a continué Mackenzie. Il m'a rigolé au nez en me disant que déjà il faudrait que je change de look. Est-ce que tu accepterais de faire…

Elle a hésité puis elle a terminé sa phrase, en fronçant son nez couvert de taches de rousseur :

– Du shopping ?

– Est-ce que tu veux ma mort, Mack ?

Nous nous sommes disputées avec une âpreté digne des grands orateurs de l'Antiquité grecque. J'ai même évoqué la fois où mon père m'avait traînée dans un défilé où il faisait des photos et où j'ai passé mon temps à bouquiner dans les coulisses, jusqu'à ce qu'un type avec des lunettes de soleil et un accent bizarre me demande de bouger de la caisse où j'étais assise parce qu'elle contenait les accessoires. Comme il me dérangeait, je lui ai répondu que je la gardais pour le prochain tournage du Muppet Show. Quand nous sommes rentrés à la maison, mon père m'a fait jurer de ne plus jamais adresser la parole à Karl Lagerfeld.

– Je ne vois pas pourquoi tu tiens à cette compétition débile, ai-je dit, en argument final.

– Eh bien, a répondu Mackenzie, lundi j'avais juste envie de rendre la monnaie de sa pièce à No Mercy mais depuis hier, je sais que ce n'est pas vraiment mon propos. Je vais me nourrir de cette expérience personnelle pour faire un texte.

J'ai levé les yeux au ciel, par principe.

– Un vrai texte, a-t-elle précisé. Pour l'atelier d'écriture. Mon sujet portera sur l'exclusion et la différence. Je veux prouver que c'est un vrai choix et pas un truc de loser. Je suis certaine que ça intéressera Mr. Gray.

– La seule chose qui intéresserait Mr. Gray pour ses ateliers d'écriture, c'est que tu évites de baver sur ta copie, histoire qu'elle soit lisible.

Pour toute réponse, elle s'est contentée de faire une imitation de moi la bouche ouverte.

Declan est enfin sorti avec Lexie et Tanner, deux des junior year qui font en général comme si nous n'existions pas. Lexie portait une doudoune bleue, un jean slim avec des bottines à talons, et un sac de créateur sur l'avant-bras, comme font les filles en vue. À trente ans, elles auront toutes le bras droit hyper musclé et le gauche rachitique, ce qui leur donnera l'allure de certains crabes exotiques.

Tanner avait un blouson d'aviateur en cuir, et un jean slim, lui aussi. Une longue mèche lui tombait sur un œil. Son autre oreille était dégagée, sans doute pour qu'on voie bien son oreillette. Je me suis demandé si c'était pour rester en liaison permanente avec son coach de vie. Ou, ce qui était plus probable, s'il n'était pas un robot télécommandé.

Declan était tout en noir, comme à son habitude, et il avait gardé sa veste ouverte alors qu'il faisait cinq degrés.

Il leur a dit quelque chose et s'est approché de nous. Lexie nous a dévisagées d'un air étonné, comme si elle prenait conscience que nous n'étions pas des figurants payés par l'établissement pour qu'elle se sente admirée. Puis elle s'est regardée dans son portable pour détacher ses longs cheveux bruns et parfaitement lisses.

– On va faire un tour au Cap Factory, nous a-t-il informées. Ça vous dit de venir ?

– Le café qui ne sert que des cappuccinos avec des dessins dessus ? a répondu Mackenzie en ricanant.

– C'est toi qui voulais être populaire, Mack, a dit Declan en haussant les épaules. Fréquenter les bonnes personnes.

Comme il faisait semblant de s'éloigner, Mackenzie l'a suivi de mauvais gré.

– Par déontologie professionnelle, m'a-t-elle précisé.

Et vu qu'elle me suppliait du regard, je l'ai suivie à mon tour.

Declan a présenté Mackenzie. Il n'a rien dit de particulier sur moi. Je ne vois pas ce qu'il aurait pu dire, de toute façon, à part : « C'est la sophomore[1] dont toute

1. Équivalent de la seconde en France. La Junior Year correspond à la première et la Senior Year à la terminale.

l'école a vu le petit copain secret me casser la figure sous sa photo. Je l'aime bien, mais sûrement parce que j'ai une tumeur au cerveau. »

– Trop choupi, a dit Lexie en faisant un grand et parfait sourire à Mackenzie. J'adore les petites sœurs.

Elle est partie dans tout un discours sur sa propre petite sœur, comme quoi c'était sa meilleure amie et que, le jour de sa naissance, ses parents lui avaient dit qu'elle en était responsable et que depuis, elle tâchait d'être une personne meilleure mais que franchement, elle ne serait jamais aussi formidable qu'Elisha.

Le jour où Benji est né, mon père m'a amenée à la maternité, et là, ma mère m'a donné un album qui s'appelait *Ce n'est pas grave, Lapinou* en disant que c'était de la part de Benji. Puis ils me l'ont repris aussitôt, parce que je l'ai soi-disant balancé dans son berceau en disant que c'était un cadeau pourri. Je me souviens surtout que Josh et moi avons mangé des glaces devant la télé pendant trois heures ce matin-là, parce que Lauren, à qui on m'avait confiée, terminait un Stephen King, et que j'ai vomi dans la voiture de papa.

Ce n'était rien à côté de ce qui nous attendait au Cap Factory niveau angoisse. Le comptoir était couleur crème. Les tables étaient couleur crème. Les murs étaient couleur crème. On avait le sentiment de plonger dans un immense bocal de mousse de cappuccino, où les clients auraient été des petites grappes de vermicelles de couleur, uniquement là pour participer au décor.

Tout ce que le lycée comptait de plus cool s'y trouvait, juché sur des tabourets immenses – et Shiny, Mercy et Charity étaient évidemment aussi là. Sous leurs regards, mon ego s'est ratatiné d'un seul coup et l'un de nous deux a couiné. Mackenzie a aussi rentré sa tête dans ses épaules, ce qui, avec sa parka militaire et son énorme écharpe sur ce fond de mousse de café, lui donnait l'air d'un champignon excessivement roux. Nous sommes passées à côté de leur table.

– Je suis tellement contente pour toi, Shiny ! a dit Mercy bien fort en prenant Shiny dans ses bras, par-dessus la table. Tu attendais ça depuis si longtemps.

Pas la peine d'être devin pour savoir de quoi elle parlait. J'ai senti mon cœur se serrer.

– En revanche, ça devient infréquentable, ici, a persiflé Mercy quand je suis arrivée à son niveau.

Devant moi, Lexie s'est arrêtée net et, telle une reine, s'est retournée dans un mouvement souple de cheveux.

– Oh, Mercy ! a-t-elle lancé d'une voix hyper gentille. J'ai appris que tu avais été élue présidente du comité des fêtes ! C'est merveilleux pour toi.

– Je suis décidée à suivre tes pas, a murmuré Mercy, avec un air modeste qui ne lui allait pas du tout et en baissant les yeux.

– C'est courageux de ta part, a lâché Lexie en rejetant sa crinière brune en arrière. Ou suicidaire. Vous venez, les filles ?

Mercy est restée sans voix en nous voyant suivre Lexie et son mouvement de cheveux. Tanner a été alpagué par des garçons à une autre table, tous en blousons d'aviateur aussi, probablement pour parler brushing.

Lexie lui a envoyé un petit baiser du bout des doigts, a posé son slim sur un tabouret, son sac sur un autre, et a ordonné à Declan d'aller nous chercher des cappuccinos.

– Au lait végétal, a-t-elle précisé. Les dessins sont moins jolis mais personne n'a envie d'ingérer plus de lactose que de raison, n'est-ce pas ?

Je me suis demandé ce que le serveur dessinait sur ceux de Mercy. À sa place, j'aurais sans doute fait des crucifix.

Une ou deux filles de senior year sont entrées et ont adressé un signe de tête à Lexie qui leur a répondu de la même façon. À son sac panda, j'ai reconnu Mia Broombale. Un garçon de son âge a tenté une approche en lui disant qu'il était mignon, avec un mouvement pour le caresser. Mia l'a fusillé du regard, avant de lui signaler que son sac était le symbole d'une espèce protégée et que son geste était une atteinte aux droits des animaux.

– Faites-moi penser à mettre Kevin Curtis sur la liste des stalkers, a dit Lexie comme si nous étions ses assistantes et qu'elle s'attendait à ce qu'on sorte des agendas électroniques.

– Est-ce que tu crois qu'elle va faire une offre qu'on ne pourra pas refuser ? ai-je chuchoté à Mackenzie.

Elle a écarquillé les yeux, totalement muette. Declan est revenu avec les cappuccinos. J'ai regardé le mien. Qui a envie de boire un truc pareil ?

– Laisse-lui le temps de digérer le concept de sociabilité, m'a-t-il murmuré à l'oreille (Declan, pas mon cappuccino).

J'ai failli lui répondre que j'en aurais bien besoin, moi aussi. La plupart du temps, je me trouvais déjà hyper sociable d'accepter de partager le même espace vital que des inconnus sans leur parler. Mais comme disait souvent Josh :

« Pour le bien de la société, Harper, il vaut mieux que tu ne communiques pas. »

– Observe-les bien, Dian Fossey, a continué Declan. Pense grands singes. Pense imitation.

J'ai regardé la salle. Tout le monde avait l'air d'être au même endroit et de boire les mêmes cappuccinos. Cependant, en se concentrant, on pouvait voir les infimes différences qui se détachaient au premier regard devenir de larges fleuves entre chaque groupe. Declan avait raison : c'était la jungle.

Il y avait déjà deux espèces distinctes : ceux qui faisaient du bruit et ceux qui observaient. Les apprentis cool kids (Mercy, Charity, Shiny et consœurs) faisaient légèrement plus de bruit que les tenants du titre, à savoir Lexie, Alexia ou Tanner et ses copains mannequins, comme pour marquer leur nouveau territoire.

Là encore, il y avait des groupes différents : les pompom girls, les fashion, les artistes.

Sans différences de classes ou d'âges, les autres se contentaient d'être là, pour avoir la chance d'être associés aux cool kids. Un groupe brouillon et désordonné qui grouillait comme des insectes autour de la mare, sans savoir où se fixer exactement. Ceux-là observaient.

Comme Mackenzie et moi.

Sauf que Mackenzie et moi étions plutôt du genre à mépriser ces comportements en temps normal. Declan, lui, semblait comme un poisson dans l'eau. Je me suis demandé comment il faisait pour être accepté partout sans jamais faire partie d'aucune bande.

– Regarde, a-t-il chuchoté. L'un des plus jeunes se détache du groupe, innocent.

Un garçon de Junior Year que je ne connaissais pas trop s'est levé maladroitement de son tabouret pour se diriger vers la table de Tanner et ses potes. Sans un mot, les quatre golden boys lui ont jeté un coup d'œil façon scanner qui votait clairement sa mort sociale dans la minute.

– Il se dirige vers le point d'abreuvement, sans savoir que les mâles dominants le guettent, prêts à bondir sur leur proie, a ajouté Declan avec une voix de commentateur de documentaire. S'il fait un pas de plus, ce sera la mise à mort, sans pitié.

J'étais en train de rigoler quand la porte du café s'est ouverte. Josh est entré, avec Zach et Flynn. Mon cœur a loupé un battement. Il m'a vue attablée avec Declan qui me parlait toujours à l'oreille. Ses yeux ont rétréci. Shiny l'a accueilli avec des cris tellement perçants que Rory Sanders qui était attablé à côté ne retrouvera probablement jamais sa pleine capacité auditive. Il s'est dirigé vers sa table. Puis Mercy lui a dit quelque chose, il a tourné la tête vers nous, nos regards se sont croisés un bref instant. Il ne ressemblait plus du tout à Josh. C'était bien lui en apparence, avec ses cheveux bruns qui dégringolaient un peu sur son front, et ses yeux bleus, et le petit pli de sa bouche, qui semblait toujours prête à lancer quelque chose de drôle, mais ce n'était plus Josh tel que je le connaissais. Son regard avait quelque chose de terrible, comme s'il disait : « Tu n'existes plus dans cet univers, ni même dans les autres ». Ce nouveau Josh ne me plaisait pas du tout, ce que je ne me serais pas gênée de dire à l'autre Josh, s'il avait encore existé.

L'autre Josh, celui qui était mon meilleur ami, celui de qui j'étais amoureuse encore une semaine auparavant avant d'avoir le cœur brisé (ce dont tout le monde se fichait), m'aurait sans doute balancé : « Depuis quand tu fréquentes ce genre d'endroit super nul ? ».

Mais l'autre Josh, celui qui faisait des cabanes sous la couette, qui râlait parce que je squattais la télécommande et qui me plaquait sur le sol en me disant d'arrêter de faire ce truc avec ma bouche, d'une voix super douce, ne m'aurait jamais vue dans ce genre d'endroit, parce qu'il n'y aurait pas été non plus.

Shiny a chuchoté à l'oreille de Mercy qui a ri très fort.

– Ne me laisse pas toute seule sur ce coup, là, m'a soudain murmuré Mackenzie. Tu en es, hein ?

J'ai regardé le nouveau groupe d'amis de Josh. C'était tellement injuste !

– Non seulement j'en suis mais je peux te dire que je vais y consacrer toute mon énergie, ai-je répondu telle une guerrière.

– Ne fais pas attention à elles, a dit Lexie à Mackenzie en lui posant la main sur le bras pour la réconforter. Et toi non plus, Farmer.

Declan a détourné la tête, mais j'ai bien entendu qu'il riait. J'ai marmonné que je m'appelais Harper, comme l'auteur Harper Lee, tout en pensant que ma crise existentialo-potagère avait déjà laissé des traces.

– Je suis vraiment navrée, a dit Lexie.

Je n'ai pas réussi à définir si elle parlait du choix de mon prénom ou du fait qu'elle m'avait appelée Farmer. Ma machine à réparties semblait définitivement cassée.

– Alors ? En quoi puis-je vous aider ? a demandé Lexie en croisant les mains.

– Ma sœur fait une espèce d'étude, a dit Declan. Elle veut prouver que la popularité tient à… à quoi déjà ?

Comme Mackenzie avait perdu toute faculté de communication, j'ai répondu à sa place :

– Les trois règles de ma cousine Beatrice.

– Qui sont ? a demandé Lexie.

– Être gentille, fréquenter les bonnes personnes, avoir les bons vêtements, ai-je lâché précipitamment.

– Ta cousine Beatrice est un sage, a affirmé Lexie.

Je ne pensais pas entendre une chose pareille, de toute ma vie. J'ai tenté de récupérer ma mâchoire au milieu des cappuccinos.

– Je ne peux rien refuser à Declan, a-t-elle continué. Même s'il a des goûts bizarres en amour.

J'ai espéré qu'elle parle de Mercy et pas de moi.

– Tout le monde ne peut pas aimer les types baraqués qui lisent *Vogue*, a répondu Declan.

Ils ont rigolé tous les deux.

– Allez, les filles, d'accord ! Je serai un peu comme votre personal shopper. Rendez-vous mercredi prochain après les cours.

Elle nous a fait un petit signe discret, qui voulait clairement dire qu'elle nous congédiait. Avant de sortir du café, Mackenzie a retrouvé l'usage de la parole pour me chuchoter :

– Est-ce que toi aussi, tu as le sentiment d'avoir signé un pacte avec le diable ?

Je lui ai répondu qu'en tout cas, je croyais désormais à un enfer dédié aux pom-pom girls, aux personal shoppers et aux buveurs de cappuccinos.

Chapitre 8

Vendredi 8 décembre

Flynn a traversé la cantine uniquement vêtu de deux bonnets de Père Noël. Dont l'un sur sa tête, évidemment.

Vu ce qu'il a pris de la directrice, on ne dira plus jamais « consigné » mais « flynnisé ».

– Ça te dit de regarder un film demain soir ? m'a demandé Declan en piquant les noix de cajou de ma salade.

J'ai failli lui demander si Emily était occupée à perfectionner son rire au zoo, devant l'enclos des hyènes.

Il a eu son sale sourire et a continué :

– J'ai un mot de mon labiologue.

– Vu le nombre de fois où tu le consultes, j'espère surtout que tu as une bonne mutuelle, ai-je rétorqué.

Pour toute réponse, il a jeté une noix qui a loupé sa bouche et a atterri dans son tee-shirt.

Bien malgré moi, je me suis demandé ce que ça ferait, d'être une noix de cajou.

Chapitre 9

Samedi 9 décembre

Justin est passé à la maison avec un Père Noël en bois visiblement fabriqué par d'anciens moines bouddhistes en réinsertion karmique. Du moins, c'est la seule théorie qui m'est venue à l'esprit en voyant l'objet. On pouvait mettre une bougie dans sa main. Le détail n'a pas échappé à ma mère, alias Miss Consommation d'Électricité.

– Et les abeilles, Justin ? Tu y penses, aux abeilles ? a-t-elle bramé.

– Pas tous les jours, j'espère pour lui, a chuchoté Tuppa qui passait par là avec un sandwich pour s'installer devant une démonstration de nettoyeur vapeur. Ce serait un peu inquiétant.

– Est-ce que Tuppa va rester longtemps à squatter notre téléviseur ? ai-je demandé, alors qu'on regardait toutes les deux Justin repartir sur son vélo en pédalant furieusement.

– Ne sois pas méchante, m'a répondu ma mère.

Alors que je ne l'avais même pas encore été !

– Ton grand-père traverse une période difficile. Tu ne sais pas ce que c'est, toi, de se séparer de quelqu'un avec qui on a passé une partie de sa vie.

Je lui ai jeté un regard éloquent.

– Oui, bon, a-t-elle continué. Ce n'est pas pareil. Tu n'as pas eu d'enfants avec Josh, bon Dieu, Harper !

Je n'ai pas bien vu le rapport. Comme j'ai levé un sourcil ironique, elle s'est mise à bégayer.

– À quinze ans, on se remet plus facilement, c'est tout. Tu as plein d'expériences à faire avant de vivre ça.

– Puisque je n'ai pas de frais de baby-sitting à payer, je peux donc profiter de ma liberté et aller chez Mackenzie ?

Elle n'a pas eu d'autre choix que de me dire oui.

Quand je suis partie, elle espionnait le jardin de devant chez Sean. Il avait recouvert son portail de faux bois, avec écrit dessus « Santa's », et installé un petit chalet en bois traditionnel plein de fausse neige et de moineaux en plâtre. Même le panier de basket de Josh avait été squatté pour accrocher l'extrémité d'une immense guirlande lumineuse.

La dernière chose que j'ai entendue avant de quitter la maison a été prononcée par la voix vibrante de fierté bafouée de la femme qui m'a mise au monde :

– Papa, va me chercher la farandole des lutins.

Quelque part dans le Maryland, un employé a écarquillé les yeux sur le compteur d'un réacteur nucléaire et a aussitôt lancé l'alerte.

Chez Mackenzie et Declan, j'ai poussé un soupir de soulagement. Pas de guirlandes ni de boîte à musique, ni de faux Père Noël avec une tête de tueur accroché à une gouttière.

Dans le salon, il y avait un grand panneau, sur lequel Mackenzie avait scotché des images de mannequins et d'actrices, et des extraits de conseils beauté. Sur l'écran de son ordinateur, posé devant le canapé, une blogueuse hystérique montrait comment appliquer du fond de teint sans faire de traces.

Cette histoire d'article prenait des proportions inquiétantes mais c'était plutôt reposant d'être dans un appartement qui ne ressemblait pas au décor d'un concert de Lady Gaga. À la place de son treillis et sa chemise habituels, Mack portait un jean slim et un sweat oversized où était inscrit « No Artifice », sous un visage dont les deux moitiés étaient maquillées différemment.

– Tu préfères quel côté ? m'a-t-elle demandé. L'urban nude ou le smoked glam ?

– Lequel a nécessité le moins d'expérimentations sur des lapins ? ai-je répondu.

Elle a haussé les épaules.

– Bouge, Double-Face, a dit Declan en se laissant tomber à côté d'elle avec des sodas et des chips.

Je me suis assise entre eux deux, en regardant bien si je ne risquais pas d'écraser la fameuse Emily. Declan m'a jeté un regard étonné en me voyant inspecter le canapé.

– Tu cherches quelque chose ? a-t-il demandé.

– Ta dignité, ai-je répondu.

– Pas eu de nouvelles depuis Thanksgiving, a-t-il rétorqué du tac au tac. Je crois qu'elle est partie vivre dans une communauté hippie avec ton humour.

– Nude, c'est mieux, non ? a insisté Mackenzie.

– Arrête de tourner vers nous cette figure de cauchemar ! a hurlé Declan en faisant semblant de se protéger les yeux des deux mains.

Il n'a demandé l'avis de personne pour mettre *La vie est belle*[1]. Je me souvenais de l'avoir vu avec mon père quand j'étais petite. On a gentiment regardé la première moitié, durant laquelle on voit comment George séduit sa femme puis perd l'argent de toute la ville. Quand l'ange est arrivé pour l'empêcher de se suicider et lui montrer ce que serait son entourage s'il n'était jamais venu au monde, Declan s'est penché sur mon oreille :

1. Film de Frank Capra, traditionnellement regardé à Noël aux États-Unis.

– Imagine si tu n'étais jamais née...

– Ma famille ne verrait probablement pas la différence, ai-je répondu.

– Moi, si, a murmuré Declan.

Il a attrapé une de mes mèches de cheveux en disant ça. Ses yeux riaient. Il avait son sale sourire. J'ai senti une petite boule dans ma gorge et je me suis mise à rire bêtement. Il s'est penché vers moi, tout doucement.

C'est le moment qu'a choisi Mackenzie pour nous faire part de ses réflexions métaphysiques.

– C'est clair que ça pose la question. Est-ce qu'on marque vraiment notre empreinte sur le monde ? Que se passerait-il si nous n'existions pas ?

– Dans ton cas, ça ferait juste plus de place sur le canapé, a maugréé Declan.

Mackenzie s'est levée d'un bond, hyper vexée, et nous a laissés en plan.

– Tu es dur avec elle, ai-je dit par solidarité.

– Je trouve cette idée de compétition parfaitement stupide, a-t-il lâché. Ce n'est pas le genre de Mackenzie et elle ne devrait pas s'abaisser au niveau de Mercy et ses copines.

– Chose que tu n'as pas faite du tout, ai-je fait remarquer, histoire de lui rappeler qu'il était sorti avec No Mercy.

Il a haussé les épaules.

– En plus, Mackenzie se donne à fond pour son article.

– Mouais, a grogné Declan. Et toi, au fait, tu as un sujet ?

Je lui ai raconté ma tentative de projection sur la *Ferme africaine* et l'existentialisme potager.

– La thérapie par la courgette ?

– À ce stade, plutôt la transformation en courgette.

– Ça me donne envie de devenir vegan, a-t-il rétorqué avec son sale sourire.

– En ce qui te concerne, ce serait du cannibalisme, ai-je répondu.

Au lieu de répondre, il m'a renversée sur le canapé. Son visage était juste au-dessus du mien. Sur l'écran, George continuait à voir le désastre de sa non-existence. Le film projetait une lueur blanche sur le visage de Declan, devenu très grave.

– Tu veux venir à la soirée de Noël avec moi ? a-t-il demandé.

Sa bouche était tout près de la mienne. J'avais envie de dire oui. J'avais envie de dire non. Du coup, j'ai dit :

– Qui est Emily ?

– Est-ce que tout est terminé avec Josh ? a-t-il répondu du même ton.

À ce moment-là, Mackenzie est revenue dans le salon en allumant le plafonnier.

– Je suis défigurée ! a-t-elle hurlé.

Elle avait la moitié du visage couleur carotte.

Apparemment, elle avait confondu son fond de teint avec un tube d'autobronzant.

Chapitre 10

Dimanche 10 décembre

J'ai fait semblant d'ignorer les smileys que Declan m'a envoyés toute la matinée. Vers midi, j'ai craqué et je lui ai redemandé :

« Alors ? Qui est Emily ? »

Il a encore envoyé un smiley puis :

« Jalouse ? »

J'ai attendu le temps réglementaire (trente secondes) pour répondre :

« Je devrais ? »

Il a aussi respecté le temps réglementaire.

« Pas plus que de raison... sauf s'il y a des sentiments[1]. »

1. Allusion au livre *Raison et sentiments* de Jane Austen.

Je lui ai renvoyé le smiley qui fait des yeux consternés.

En fin d'après-midi, j'étais dans ma chambre en train de m'interroger sur la faculté des garçons à ne jamais être clairs, quand la sonnette de la porte d'entrée a retenti. Ma mère a hurlé à Benji d'aller ouvrir parce qu'elle se faisait un masque, mais il n'a pas entendu, probablement à cause de ses cache-oreilles et du son de l'émission sur les panneaux solaires de Tuppa.

Je suis descendue et j'ai ouvert la porte.

C'était mon père.

Mon père dans une parka ultra-mode, avec son plus grand sourire, et Inger à ses côtés, en manteau de fausse fourrure jaune fluo.

– Surprise ! a dit papa en me serrant dans ses bras.

Inger a poussé un hiiiiii strident et s'est jointe à lui. J'étais trop sciée pour trouver quelque chose à répondre. Derrière moi, Tuppa est arrivé et s'est exclamé « Bon sang de bonsoir, Eston ! » d'un ton jovial. Il tenait encore sa télécommande et son sandwich bœuf-moutarde dans les mains.

– On a le meilleur cadeau de Noël de la terre ! a crié Inger juste dans mon oreille.

Puis elle a disparu une seconde. Soudain, je me suis retrouvée face à un bébé tout blond et énorme qui m'a jeté un regard totalement furibond, sanglé dans une combinaison Baby Dior®.

– Tu es grande sœur !

J'ai regardé mon père qui semblait un peu mal à l'aise.

– Oui, bon, nous n'étions pas certains que l'adoption marche jusqu'au dernier moment. Et puis, une fois qu'il était là, c'était compliqué de vous l'annoncer par Skype. On a préféré venir vous le présenter une fois l'adaptation passée.

– Et comment s'appelle ce petit bonhomme ? a demandé Tuppa en s'approchant de mon inattendu demi-frère.

Il a commencé à gazouiller juste sous son nez, jusqu'à ce que le bébé lui attrape violemment la barbe, tire dessus d'un coup sec de la main droite et lui arrache son sandwich de la gauche. Il a fallu l'intervention de mon père pour qu'il accepte de le lâcher (Tuppa. Vu le regard du marmot, personne n'aurait osé lui reprendre le sandwich).

– Odin, a répondu Inger d'un air ravi. Comme le dieu nordique !

– Ça lui va drôlement bien, a grommelé Tuppa en se massant le menton. Quelle force ! Quel âge a-t-il exactement ?

– Treize mois demain ! Tu veux le prendre, Harper ?

Je me suis approchée, toujours sous le choc, et j'ai tendu les bras. Odin m'a contemplée un court instant puis, sans aucune raison, m'a collé une gifle avant de se remettre gentiment à mâchonner le sandwich de Tuppa en poussant des grognements ravis.

La voix de ma mère a retenti depuis l'étage.

– Si c'est Justin, dis-lui que je suis occupée à creuser la dette des pays émergents en achetant des cadeaux de Noël sur Internet !

– Je pense que tu devrais descendre, Rebecca, a répondu Tuppa.

Ma mère est apparue dans son pyjama de Noël, le visage couvert d'une mixture marronnasse et granuleuse.

En même temps, elle a vu mon père, Inger et Odin.

– Surprise ! a de nouveau dit mon père, de façon beaucoup moins enthousiaste.

Ma mère a ouvert la bouche, sans rien dire et aussi sans doute parce que son masque avait séché et l'empêchait de trop bouger.

– Rebecca ! s'est écriée Inger.

Ma mère l'a totalement ignorée pour se concentrer sur mon père.

– Toujours le sens de la mise en scène, Eston, a-t-elle lâché d'une voix hachée par sa paralysie cosmétique. Tu aurais pu prévenir.

– C'est pourtant très esprit de Noël, Rebecca, a répondu mon père. Joseph, Marie, l'enfant Jésus, l'étable...

(Et après, on se demande de qui j'ai hérité mon sens de la répartie...)

– Personne ne croira que tu as épousé la Vier... a commencé ma mère, que Tuppa s'est empressé d'interrompre.

– Je crois que Jésus vient de salir sa couche, a-t-il lancé.

L'air désormais satisfait d'Odin et l'odeur infernale qui venait d'envahir le vestibule nous l'ont aussitôt confirmé.

Chapitre 11

Lundi 11 décembre

Réveillée par Odin qui exigeait visiblement plusieurs litres de lait et quelques sacrifices de bœufs au petit-déjeuner. Maman avait fini par les inviter à la maison, à la suite d'une longue conversation avec papa d'où il était sorti que Noël, blabla, esprit de famille, blabla, adaptation des enfants, blabla.

En allant à la douche, j'ai croisé Benji, furieux.

– Non seulement il a mangé mes céréales mais papa n'arrête pas de me demander si je suis content. Est-ce que j'ai l'air content ?

Non, pas tellement. Il portait ses cache-oreilles de travers et une petite veine battait sur sa tempe. L'arrivée du demi-frère l'avait encore plus choqué que maman et moi. Non seulement il perdait sa place de petit dernier, mais on lui avait présenté Odin pendant que Inger le changeait sur le canapé du salon. Benji avait passé le reste de la matinée à répéter que ce qu'il avait vu dans cette couche était scientifiquement impossible. Pour ma part, je pense qu'on aurait dû garder les fenêtres ouvertes toute la journée, malgré le froid.

Avant d'aller au lycée, j'ai tenté de faire ami-ami avec celui qu'on appelait désormais l'Empuanteur. Il était assis sur le tapis, tout choupi dans son pyjama bleu avec des oreilles d'ourson sur la capuche, aux pieds de Tuppa qui regardait fixement un dessin animé avec lui. Odin avait un morceau de bacon dans une main et ce qui ressemblait à deux saucisses soudées ensemble dans l'autre.

J'ai fait un geste vers lui mais il m'a arrêtée de son regard noir.

– Ne bouge pas, Harper, a murmuré Tuppa. Il a des réflexes étonnants.

C'est à ce moment-là que j'ai vu les traces de dents sur son mollet.

J'ai retrouvé Mackenzie pour lui raconter que j'avais un demi-frère qui s'appelait Odin. Elle a trouvé mon père génial.

– Le genre de surprise que mes parents nous font en général, c'est de partir de l'autre côté de la planète en nous laissant un mot sur le frigo.

J'étais sûre qu'elle exagérait un peu mais je me suis sentie triste pour elle. Mais comme je ne savais pas quoi dire, j'ai juste ouvert mon casier.

Le corbeau avait encore sévi…

« Puisses-tu ne pas trouver le repos tant que je vivrai ! »

– Ce sont vraiment des pestes ! s'est écriée Mackenzie, toute rouge. C'est totalement injuste.

Si on omettait que, d'un point de vue objectif, Declan avait jeté Mercy pour moi, elles méritaient effectivement un châtiment exemplaire.

– Ne te fais aucun souci, Harper. Quand je serai reine de ce lycée, je te vengerai.

J'ai préféré ne pas dire que je trouvais qu'elle prenait cette histoire bien trop au sérieux, et pas uniquement parce qu'elle me faisait un peu peur avec ses cheveux roux en bataille et son poing levé.

– Du calme, Mercutio[1] ! ai-je répondu.

J'ai de nouveau regardé la lettre du corbeau. J'avais déjà lu ça quelque part, mais où ?

Au club de lecture, Sara et Andrew se sont disputés autour du livre que nous devions choisir pour la lecture commune. Andrew refusait de lire un best-seller et Sara refusait, à juste titre, de se tartiner les sœurs March pour la troisième fois.

– Tu ne sauras jamais rien de moi, Andrew, a finalement lancé Sara d'un air dramatique. Je resterai pour toi comme *Nos étoiles contraires*.

– Difficile à suivre et plein de digressions ? a répondu Andrew, furieux.

1. Ami de Roméo qui est tué à sa place dans *Roméo et Juliette* de William Shakespeare.

Pour toute réponse, Sara lui a jeté un regard blessé et est sortie.

– À part Sara, tout le monde est d'accord pour lire *Les quatre filles du docteur March* ?

J'ai répondu que je préférais me taper la *Bible* en allemand plutôt que de devoir de nouveau assister à la mort de Beth et aux leçons de morale de la mère March. Andrew m'a balancé une longue phrase en latin, à propos de minimum et de maximum. Entre les deux, je crois qu'il y avait des insultes.

J'ai passé l'après-midi avec papa, Inger, Benji et Odin.

Nous avons fait visiter Seattle à Inger qui, comme d'habitude, trouvait tout merveilleux, surtout les boutiques où elle a acheté des tonnes de vêtements pour Odin dont un mini costume de Rudolf le renne au nez rouge, qu'elle trouvait « terriblement craquant », ce qui était plutôt inquiétant de la part de quelqu'un qui vient d'un pays où on les mange. J'ai fait remarquer à mon père qu'il devrait surveiller Inger de près, au cas où elle confonde Odin avec un vrai renne et qu'elle nous le serve au dîner de Noël. Papa a émis un doute sur la capacité de qui que ce soit d'arriver à attraper Odin sans perdre au moins un bras dans l'histoire.

J'ai donc suggéré qu'on lui achète un cuissot de buffle. Papa a ri d'une manière qui m'a fait comprendre qu'il y avait déjà pensé. C'était vraiment bien de le retrouver, avec sa façon à lui de s'arrêter soudain pour regarder quelque chose et d'oublier le reste du monde.

(Une fois, il m'a oubliée dans ma poussette dans un parc, ce que ma mère lui reproche encore.)

Et il m'a raconté comment ils avaient rencontré Odin dans un home pour enfants puis comment ils étaient venus le voir tous les jours, pendant un mois.

– Tu sais, Harper, c'est lui qui nous a adoptés. Il ne laissait personne s'approcher de lui, à part nous.

Bizarrement, l'unique personne que mon nouveau demi-frère semblait accepter, à part papa et Inger, était Benji. Pour ma part, j'avais arrêté de tenter de lui faire des câlins depuis qu'il m'avait collé son doigt dans l'œil.

– Privilège du mâle alpha, a annoncé mon frère, quand je lui ai demandé comment il avait fait pour amadouer l'Empuanteur.

Je me suis abstenue de signaler au mâle alpha qu'il avait du chocolat sur le menton.

Vers la fin de la journée, Lauren, Poppy et Josh ont rejoint Sean à la maison pour voir papa et Inger et être présentés à Odin.

Poppy est allée directement vers Odin. L'Empuanteur l'a reniflée d'un air circonspect.

– Comme il est mignon ! s'est-elle exclamée en le soulevant exactement comme elle aurait attrapé un chaton.

Dans ses bras, Odin a pris une expression éminemment satisfaite, ce qui a étonné tout le monde.

– C'est vrai qu'il est mignon, a dit Lauren. Vous lui lisez déjà des histoires ?

Inger l'a aussitôt entreprise sur sa conception de la maternité.

– En Suède, nous élevons les enfants de façon très libre, a-t-elle dit à un moment. Leur rythme est très important. Un enfant frustré donne un adulte incapable de connaître ses propres besoins. Odin sait déjà ce qu'il veut et nous sommes là pour l'aider à y accéder.

– Effectivement, a répondu Lauren.

Puis elle a observé la blouse rikiki et ultra-soyeuse d'Inger.

– Est-ce que c'est une Chanel® ?

– C'est un cadeau d'Eston pour l'arrivée d'Odin, a précisé innocemment Inger.

– C'est adorable ! s'est exclamée ma mère. Moi, pour la naissance de Harper, j'ai eu une boîte de chocolats.

– Mon Dieu, Rebecca, a murmuré mon père en levant les yeux au ciel.

– Moi, pour ta naissance, j'ai offert à ta mère un disque des Doors, est intervenu Tuppa. On pensait que ça te donnerait l'oreille musicale.

– J'adore le chocolat ! a bramé Inger. Si je m'écoutais, j'en mangerais plus d'une plaquette par jour. J'arrive à me limiter à une tous les deux jours mais…

Elle n'a pas vu le regard que Lauren et maman lui jetaient, sinon elle aurait sans doute reculé de plusieurs mètres.

Pendant ce temps, dans un coin du salon, Josh faisait tourner son ballon de basket sur son doigt, ce qui semblait fasciner Odin, toujours dans les bras de Poppy qui lui caressait la tête en chantonnant de façon assez terrifiante. Évidemment, il évitait de croiser mon regard (Josh, pas Odin. Enfin Odin aussi, mais vu les regards terribles que le mini-dieu était capable de me balancer, je préférais).

– Pourquoi est-ce qu'il ne parle pas ? m'a demandé Poppy.

– Tu sais, ai-je répondu, très mature, parfois les garçons sont trop orgueilleux pour reconnaître qu'ils ont eu tort.

– Je parlais d'Odin, a-t-elle précisé. Toi, c'est normal que Josh ne te parle plus après ce que tu lui as fait, mangeuse d'hommes.

Je me suis tournée vers Josh qui s'est simplement levé et est allé parler avec mon père. J'ai passé le reste de la soirée à réfléchir au néant de mon existence.

Chapitre 12

Mardi 12 décembre

Atelier d'écriture.

Mr. Gray portait sa chemise ultra-moulante avec les deux boutons du haut ouverts.

Même Sara Bristen n'a pas écrit une ligne.

Quand nous sommes tous sortis, Josh est passé devant moi. Il avait son bras sur l'épaule de Shiny Robinson.

Aucun homme n'aurait osé faire ça à Karen Blixen dans sa *Ferme africaine* sans se prendre une bonne dose d'anesthésiant pour éléphant dans le gras.

Chapitre 13

Mercredi 13 décembre

Je hais définitivement Josh.

Il est venu à la maison réclamer le ballon de basket qu'il avait oublié le lundi d'avant.

– Salut, m'a-t-il dit quand j'ai ouvert la porte.

– Tu me parles maintenant ? ai-je demandé en prenant mon air le plus hautain.

– Je suis venu chercher mon ballon de basket. Tu l'as vu ?

– Si tu crois que j'ai le temps de m'intéresser à tes affaires...

– Vraiment ? a dit Josh. J'oubliais ! Tu es sans doute trop occupée à...

Il s'est arrêté d'un seul coup.

– Tu peux regarder où est mon ballon ? a-t-il de nouveau demandé.

J'ai haussé les épaules.

– Fais comme chez toi !

Il est entré et a commencé à chercher, après avoir salué Inger qui lisait un magazine sur le canapé. Quand je suis entrée à sa suite dans le salon, je l'ai vu penché sous la table basse. Dessous, il y avait le ballon et mon demi-frère qui mordait furieusement dedans.

Quand j'ai réussi à récupérer le ballon des mains d'Odin, j'ai lu un reste de déception écœurée dans ses yeux.

Il avait dû croire que c'était une boulette de viande géante.

Au bout de plusieurs heures de recherches, j'ai retrouvé mon portable caché sous ses doudous, et quarante messages de Mackenzie. J'avais oublié que c'était le jour du relooking avec Lexie.

Avec horreur, je me suis aperçue que je n'avais rien à me mettre pour le grand challenge de la soirée du lycée du samedi. Je ne pouvais pas lâcher Mackenzie sur ce coup-là. J'étais en train de me résigner à lui annoncer que je viendrais habillée comme d'habitude quand mes yeux se sont posés sur la seule personne que je connaissais qui s'intéressait aux vêtements plus que Lexie.

Inger, en salopette Prada®, toujours plongée dans son magazine pendant qu'Odin dormait allongé sur son dos comme un gros bébé koala.

Quand je lui ai expliqué mon problème, elle a fait un bond de joie, ce qui a réveillé Odin.

Je préfère garder sous silence cette expérience ultra-traumatisante qu'a été notre excursion dans un centre commercial. Tout ce que je pourrai dire sur le sujet, c'est que les vendeuses avaient l'air soulagées de voir partir Odin et sa manie de boulotter tout ce qui lui tombait sous la main, surtout si c'était cher et délicat. (Le plus inquiétant étant que Inger a eu l'air d'y voir une filiation quasi spirituelle avec elle-même.)

Bref, après des heures – ressenties une éternité – d'essayage, je me suis retrouvée vautrée sur le rebord de la fontaine devant le centre commercial, étouffée sous une tonne de sacs. Inger me couvait du regard comme une mère cane fière de la première nage de son caneton, jusqu'au moment où Odin s'est mis à brailler dans sa poussette. Elle est aussitôt repartie vers le centre commercial, sans doute dans l'espoir de trouver un demi-veau et une dizaine de bagels pour le faire taire.

Quand j'ai réussi à me relever du rebord de la fontaine pour la rejoindre, j'ai aperçu Mr. Gray qui papotait avec quelqu'un. Ce qui ne m'aurait pas posé problème si ce quelqu'un n'avait pas été… Lauren ! Elle semblait très amusée par ce qu'il disait et aussi avoir des poux, parce qu'elle secouait la tête dans tous les sens en se passant la main dans les cheveux. Mr. Gray souriait en parlant, je le voyais bien, même s'il était de dos. (Même de dos, son sourire était le plus craquant du monde.)

Puis ils ont traversé la rue ensemble et disparu au coin du centre commercial, toujours en discutant.

Est-ce que Josh savait que sa mère flirtait avec un autre homme que son père ? Et, plus précisément, est-ce que ça allait avoir une conséquence sur sa moyenne ?

Chapitre 14

Jeudi 14 décembre

Tuppa et Inger sont devenus copains comme cochons, selon l'expression ultra-distinguée de Tuppa. À chaque fois qu'il disait un truc, elle était morte de rire et ils écoutaient la même musique au casque. Du coup, papa a été obligé de s'occuper d'Odin, ce qui faisait bien ricaner ma mère.

– Ça te fera quel âge, Eston, quand il aura vingt ans ? lui a-t-elle demandé non sans perfidie alors qu'il tentait d'emballer le mini-catcheur dans une combinaison argentée qui le faisait ressembler à une grosse papillote de Noël.

Mon père s'est abstenu de répondre. Des années de vie commune avec ma mère lui auront au moins appris quelque chose. (Ça et ne jamais finir les M&Ms.)

Sean qui venait d'arriver rigolait aussi de voir papa se débattre avec Odin.

– Toujours unis contre moi, hein ? a grogné mon père en évitant une droite de l'Empuanteur.

Je me suis sentie ultra-solidaire avec papa, d'autant que Sean aurait moins rigolé s'il avait su que sa femme secouait ses cheveux devant un prof de littérature ultra-sexy.

– Tu n'as pas envie d'aller te promener avec ton frère ? m'a interrogée papa, plein d'espoir.

– Même dans le cas où je ne devrais pas aller au lycée, et malgré tout l'attachement que j'ai pour ma famille, je préférerais encore me couper une jambe, ai-je rétorqué avant de sauter du tabouret où je terminais mon petit-déjeuner.

Quand je suis arrivée au lycée, une nouvelle lettre du corbeau m'attendait.

« Je ne me laisse gêner par personne, quand je peux m'y opposer. »

Toute cette affaire devenait de plus en plus obscure. J'étais certaine de connaître ces trois phrases. Certaine.

– Ça ne ressemble pas à des menaces, ai-je dit à Mackenzie. On dirait plutôt des prises de position. Tu crois que ça pourrait être Declan ?

– Ne sois pas stupide, Harper, m'a balancé Mackenzie. Tu sais très bien que c'est No Mercy. Elle te met la pression exprès pour que tu craques.

Mercy et sa bande sont passées devant nous à ce moment-là, vêtues de leurs tenues de pom-pom girls, d'un pas royal, comme si le lycée leur appartenait.

– On sait ce que tu fais, Mercy ! a grondé Mackenzie.

– Moi aussi, je sais ce que vous faites, a répondu Mercy sans s'arrêter. Oh attends, je réfléchis : rien !

Ses copines ont éclaté de rire, sauf Shiny qui m'a adressé un sourire désolé.

Chapitre 15

Vendredi 15 décembre

Atelier d'écriture.

Mackenzie a crâné en disant à Mr. Gray qu'elle faisait de l'investigation pour son histoire.

Toujours le néant total de mon côté.

L'existentialisme potager est une impasse.

À la fin de l'atelier, Mr. Gray a annoncé qu'il mettrait le plus chouette texte sur le blog du lycée, le jour de Noël.

Grosse, grosse, angoisse générale, sauf de la part de Flynn qui avait décidé d'écrire des haïkus, parce qu'ils ne comportent en général que trois lignes, jusqu'à ce que Mr. Gray s'aperçoive qu'il s'était contenté de recopier le menu du *Sushi Palace*.

Chapitre 16

Samedi 16 décembre

Pour la première fois, j'allais à une soirée du lycée. L'année d'avant, Josh et moi avions scrupuleusement évité l'occasion.

J'ai mis le petit haut hyper compliqué à enfiler à cause des bretelles croisées et le jean que j'avais achetés sur les conseils d'Inger, et je me suis maquillée.

Puis j'ai fermé les yeux jusqu'au grand miroir du palier et je les ai rouverts d'un seul coup, comme dans les émissions de relooking – quand la fille super banale que la coach a prise en main se découvre, et qu'elle s'est transformée en super bombasse sûre d'elle.

J'avais juste l'air déguisée.

(Un jour, je ferai un article engagé pour dénoncer les dangers des vlogs de beauté. Les filles qui les mettent en ligne sont capables de parler d'un trait de crayon à œil pendant dix-sept minutes quarante-huit secondes, sans que ce soit réellement efficace. Au bout de six tentatives, j'avais les yeux tellement smoky qu'on aurait dit un raton laveur coincé dans un tote bag.)

Quand je suis descendue de ma chambre, le bruit m'a indiqué que tout le monde était réuni dans le salon. Par-dessus la musique de ma mère, on entendait les cris d'Odin. Papa essayait désespérément de l'éloigner de la cuisine, pendant que Tuppa racontait sa jeunesse à Inger, passionnée, qui s'écriait que tout ça était typiquement américain. Au moment où je suis entrée dans le salon, ma mère levait les yeux de ses cartes de vœux pour pousser une série de soupirs exaspérés.

J'ai dit bonsoir.

Ils ont tourné la tête vers moi et eu un petit mouvement de surprise, tous sauf Benji qui portait ses cache-oreilles et qui ne m'avait pas entendue.

Déjà dans ma chambre, je me maudissais de ma loyauté envers Mackenzie mais devant eux qui me contemplaient comme si je sortais d'une comédie musicale, j'ai eu carrément envie de rentrer sous terre.

– Est-ce que tu t'es lancée dans une carrière d'agente immobilière ? a demandé mon père.

– Mon Dieu, Harper, tu as l'air d'avoir vingt ans ! a renchéri ma mère, à qui ça ne faisait apparemment pas plaisir, sans doute parce que ça la vieillissait aussi.

(Ma mère devient vraiment mesquine dès que ça concerne son âge. Elle a banni le nombre quarante de son vocabulaire, ce qui lui fait dire « J'ai… oh ça et trois ans », ce qui fait rire tout le monde. Elle est la seule à croire que c'est parce qu'elle est drôle.)

– N'est-ce pas ? est intervenue Inger, hyper contente d'elle.

Ma mère lui a jeté un regard noir et Benji a enlevé ses cache-oreilles pour ne rien perdre de la soufflante qui allait immanquablement suivre.

– Tu vas y aller vraiment habillée comme ça ? a surenchéri ma mère.

– Évidemment que non, ai-je répondu. J'ai un bikini dessous.

– Tu as raison, a dit Tuppa. La peau bleue, ça va avec tout !

Il a moins rigolé quand Inger lui a demandé s'il avait connu Al Capone.

J'ai retrouvé Declan devant le lycée. Ça faisait bizarre d'y aller le soir, surtout qu'il faisait déjà nuit. Il m'attendait devant la grille, les yeux penchés vers son appareil photo. La bordure jaune de la sangle se détachait du noir de sa chemise.

Quand il m'a vue, il a eu un petit moment d'arrêt et son plus adorable sourire.

– Salut, Farmer, a-t-il dit.

Je lui ai demandé jusqu'à quand il allait faire cette blague stupide et où était Mackenzie.

– Son cavalier est venu la chercher, lui a-t-il répondu.

Aux dernières nouvelles, personne ne l'avait invitée. Declan a dit qu'il avait arrangé quelque chose. J'ai donc demandé qui c'était, en précisant que j'espérais que ce n'était pas Brod. Declan a eu une espèce de grimace.

– Non, ce n'est pas Brod.

Sa voix était bizarre.

– Brod était déjà invité, de toute façon.

– Brod ne fait même pas partie de notre lycée, ai-je fait remarquer.

– Très juste. Devine qui l'amène.

No Mercy !

– D'une pierre, deux coups, a murmuré Declan. Enfin, moi je m'en fiche, hein. Mais je ne parle plus à Brod pour l'instant, par solidarité pour Mack. Je lui ai trouvé un type très sympa, qui fait partie de mon asso de photo.

À sa tête, je voyais bien qu'il préparait quelque chose.

– Dans ce genre de fête, il faut juste un cavalier, pas obligatoirement un petit ami.

Je me suis demandé s'il parlait de Mackenzie et son rencard mystère ou de nous deux. Impossible de savoir, avec Declan.

– Tu as la permission de minuit ou tu te transformes en citrouille ? a-t-il demandé.

– En courgette, ai-je précisé. Tu as abandonné le veganisme, non ?

– Plus ou moins, a-t-il lancé avec un demi-sale-sourire.

(Un peu craquant quand même.)

Nous sommes rentrés dans le lycée. Une fois à l'intérieur, je me suis sentie hyper mal à l'aise. Rachel Garner a pris nos billets puis ma veste. Il faisait un froid terrible. Declan a contemplé ma tenue en silence.

– D'accord, a-t-il simplement dit.

Le gymnase sentait toujours des pieds. Ça me fait mal de le dire, mais le comité des fêtes dirigé par Mercy et ses copines de l'enfer avait malgré tout réussi son coup. La déco allait avec le thème ; chaque élément avait son double, depuis les deux parties du buffet disposées en miroir jusqu'aux jumeaux qui s'ingéniaient sur les consoles.

(Où avaient-elles trouvé des jumeaux DJ ?! Sur un site de location de jumeaux ?!)

Ça ne dansait pas encore. Certaines filles s'étaient retrouvées en groupe et comparaient sournoisement leurs tenues. Mercy trônait au milieu, telle la reine des abeilles, moulée dans un fourreau noir, Brod derrière elle, plutôt maussade.

À côté du buffet, il y avait nos chaperons : Mr. Gray et notre prof de sport alias Transformer, rapport à son corps étonnamment carré. (Josh l'appelait parfois Bob L'Éponge aussi, à l'époque où il était encore drôle.) Partout dans la salle s'éparpillaient un nombre incalculable de Freshmen qui savaient plus ou moins comment se comporter. J'avais beau avoir un an de plus, c'était une nouveauté pour moi aussi.

Comme je m'y attendais, Declan a dégainé son appareil photo et je suis restée à côté de lui, façon plante verte.

Zach s'est enraciné à côté de moi, évidemment suivi de Flynn.

– Vous êtes venus ensemble ? ai-je lâché.

Zach a bredouillé quelque chose à propos de Charity et Flynn a montré une fille que je ne connaissais pas trop et qui s'est approchée de nous. Nous sommes tous restés immobiles à nous regarder d'un air bête, pendant que Declan mitraillait.

Dieu merci, Mackenzie est arrivée. Elle portait une robe blanche au-dessus du genou, très classe, et une petite veste courte, blanche également. Ses boucles rousses tombaient en cascade sur ses épaules. Elle était plus que jolie : elle avait l'air de sortir d'un magazine.

Elle a descendu les trois marches qui menaient à la piste avec une assurance dingue, comme si elle arrivait pour recevoir un Oscar, au bras de son cavalier, un grand brun au nez et au sourire parfaits. À côté de moi, Declan a murmuré :

– Je vais buter Lexie.

– Et moi ce type, a répondu Zach.

Flynn cherchait sans doute un truc vulgaire à dire mais à la place, un ricanement stupide est sorti de sa bouche. Sa cavalière a peu apprécié – pourtant, son seuil de tolérance devait déjà être bien élastique, pour avoir accepté d'être vue en public avec lui.

– C'est qui ? ai-je demandé en désignant le cavalier de Mackenzie.

Dans ma tête, ma voix était bien plus posée que ce qu'elle a finalement produit comme son – un truc quelque part entre le cri de souris et le feulement rauque, en passant par diverses variations.

– Je te tiendrai ton sac, a dit Declan à Zach après m'avoir jeté un regard outré.

Le type sublime a fait un petit signe à Declan puis Mackenzie et lui se sont approchés de nous.

Mackenzie m'a embrassée comme le font les pom-pom girls tout en me faisant un clin d'œil.

– Alors ? m'a-t-elle demandé.

– Saisissant de vérité.

– Et encore, cette tenue réserve des surprises. Je l'ai modifiée.

J'ai ressenti une pointe d'angoisse à cette idée.

Son cavalier s'est présenté avec un petit accent mondain. Évidemment, il s'appelait James.

– C'était une excellente initiative, Declan, a-t-il dit. Depuis le concours du *National Geographic*, je n'ai pas eu une seconde à moi. Mackenzie ? Puis-je aller te chercher quelque chose à boire ?

J'ai écarquillé les yeux.

Mackenzie sortait avec M. Finley[1].

– Avec plaisir, a répondu Mackenzie sur le même ton.

1. Personnage charmant et galant d'*Orgueil et Préjugés* de Jane Austen.

La musique est passée des Twenty One Pilots à Ed Sheeran, sans transition. Quelques personnes se sont mises à danser. Declan a reposé son appareil photo pour regarder. Naturellement, sa main est venue sur mon épaule et il s'est penché vers moi.

– Pas envie de t'enfuir ?

Évidemment que si. J'étais à peu près autant dans mon élément qu'une pom-pom girl à une compétition de calcul mental.

– On s'en va ?

J'ai jeté un œil vers Mackenzie. James lui avait rapporté à boire et ils discutaient tous les deux. J'ai prétexté que ma déontologie amicale m'empêchait d'abandonner Mackenzie mais la vérité, c'est que je voulais absolument voir ce qui allait se passer.

J'ai moins rigolé l'heure qui a suivi.

D'abord, Josh est arrivé avec Shiny, comme je m'y attendais. Il a fait son Josh en tapant dans des mains puis il a lâché Shiny pour parler à Mr. Gray.

De quoi ? Mais de quoi parlaient-ils ? Peut-être Mr. Gray était-il en train d'annoncer à Josh que sa mère et lui avaient des rendez-vous secrets au centre commercial et qu'il allait devenir son nouveau beau-père ? Josh serait obligé de vivre dans sa maison victorienne remplie de livres, sans terrain de basket ni wifi. On le retrouverait sans doute prostré dans un coin de la bibliothèque, son smartphone dans une main et un paquet de chips dans l'autre, à la recherche d'une dernière connexion.

Pendant que j'imaginais sa nouvelle existence, Mr. Gray a lâché Josh pour empêcher Flynn d'accrocher Andrew Morales à la boule lumineuse pendue au plafond et Josh s'est retrouvé coincé avec Transformer qui lui montrait les structures du gymnase d'un air passionné. À un moment, nos regards se sont croisés et j'y ai lu de la douleur. Puis Shiny l'a rejoint et s'est collée à lui.

J'ai détourné la tête.

Pourquoi tout était-il si compliqué ? Mackenzie aurait dû venir avec Brod, et Mercy avec la seule personne qu'elle aimait vraiment, c'est-à-dire elle-même, et moi avec... je ne savais même pas.

Mr. Gray avait raison. La vie ressemblait à une comédie de Shakespeare.

J'ai eu soudain besoin de m'isoler.

J'étais assise sur les toilettes à me demander combien de temps je mettrais à mourir si je me plongeais la tête dans la cuvette (et si tout le monde saurait percevoir la valeur dramatique de mon geste), quand des filles sont entrées. Aux piaillements, j'ai reconnu tout de suite Mercy, Charity et Shiny.

– Comment ça, il ne t'a pas embrassée ? s'indignait Charity. Mais ça fait un moment maintenant !

– Une semaine, a répondu Shiny. Est-ce que tu crois que... euh... il est gay ?

– Vu le temps qu'il a passé avec Harper, ce serait cohérent, a répondu cette perfide de Mercy. Masochiste, c'est certain.

– Est-ce que tu as tout essayé ? s'est enquise Charity.

– J'ai fait tout ce qu'on avait dit. L'autre soir, on était assis devant chez moi et j'ai penché la tête en le regardant d'en dessous, exactement comme le conseille Vloganna.

– « Comment séduire un garçon » est une excellente note de vlog, l'a interrompue Charity. Et alors ?

– Et alors (Shiny a hésité puis a repris d'une voix enrouée)... il m'a demandé si c'était le poids de mon cerveau qui me faisait pencher la tête comme ça.

J'ai retenu un éclat de rire. C'était tellement Josh.

– Est-ce que vous croyez qu'il pourrait être vraiment amoureux de Harper ?

J'ai arrêté de respirer. Il y a eu un long silence.

– Aucune chance, a martelé Mercy. Quand je suis sortie avec Josh, il m'a dit qu'il traînait avec elle par charité et parce que ses parents étaient amis avec les siens.

– Vous croyez qu'ils sont vraiment sortis ensemble ? a insisté Shiny. J'aime bien Harper et...

– Aucune chance non plus, a répété Mercy. Harper est une petite fille sage qui essaie de jouer à la délurée. Ça aussi, Josh me l'a dit un jour.

Mon cœur s'est brisé en deux. Même si je savais que Mercy était une peste capable de tous les mensonges pour atteindre son but, mon cœur s'est juste brisé en deux. Leurs voix se sont éloignées.

– Je savais que j'aurais dû mettre ma robe jungle, a dit Shiny lamentablement juste avant de sortir.

Je suis restée assise sur les toilettes, le temps de réprimer les larmes qui me montaient aux yeux et qui risquaient de me faire encore plus une tête de raton laveur dépressif.

Quand je suis revenue, Mackenzie riait comme une folle en agitant la tête, devant James qui avait l'air du type qui ne comprend pas ce qu'il a dit de drôle et de Zach qui faisait clairement le mariole pour attirer son attention. Je me suis approchée d'elle et elle m'a attrapée par le bras.

– Je t'en supplie, sors-moi de là.

Nous nous sommes éloignées, en essayant de passer au travers de la foule qui dansait frénétiquement sur la musique des jumeaux.

– C'est l'enfer, a murmuré Mackenzie. Comment font-elles pour supporter toutes ces banalités ?

Soudain, elle a aperçu Brod qui dansait avec Mercy de l'autre côté de la pièce. Je me suis maudite. Declan et moi avions juste oublié de la prévenir, sans doute impressionnés par son numéro à la Jackie Kennedy[1].

Elle les a regardés avec une expression tellement froide qu'un ours polaire a traversé la salle en courant pour échapper à la congélation.

– D'accord, a-t-elle dit. Tiens-moi ça.

Elle a enlevé sa veste et, d'un geste rapide, a remonté sa robe puis l'a fixée sur le côté.

1. Femme du président John Fitzgerald Kennedy, connue pour son élégance et son sens des convenances.

– Ta robe est vraiment moulante, Mack… ai-je commencé.

– Sans rire ? a-t-elle grincé entre ses dents. Je t'avais dit qu'elle réservait des surprises.

Sur son anatomie, désormais plus aucune. Elle a traversé une partie de la piste droit sur Flynn et lui a arraché sa flasque des mains pour en boire une gorgée. Ça n'a pas plu à Flynn mais il n'a rien dit, vu qu'il était trop occupé à faire rentrer ses yeux dans ses orbites en découvrant la robe de Mackenzie.

Puis elle a marché dans la direction de Brod et Mercy, tellement énervée qu'elle n'a pas vu le signe que Mr. Gray lui faisait depuis le buffet (ni sa tête en la voyant habillée comme ça). Le morceau a changé et comme c'était The Specials, la piste est devenue noire de monde. Je l'ai perdue de vue.

Je suis restée là, avec sa veste et un monstrueux sentiment de culpabilité sur les bras.

J'ai cherché Declan des yeux. Il était debout sur les marches qui menaient à l'estrade des jumeaux DJ, derrière son appareil photo, en train de prendre une vue d'ensemble de la piste.

– Je crois que Mackenzie va se mettre dans une sale situation…

Declan a levé une tête blasée de son appareil. Puis il a indiqué la direction que Mackenzie venait de prendre, d'un coup de menton. Elle dansait devant Brod et on la remarquait bien, point blanc et roux au milieu des filles en robe noire.

– Tu ne crois pas qu'on devrait l'en empêcher ? ai-je insisté.

Declan a souri.

– Ma chère Madame Dédain, si j'ai bien appris quelque chose de ma longue existence (j'ai ricané), c'est de ne jamais me mettre entre une fille et sa proie, cette fille fût-elle ma sœur.

– Vraiment ? As-tu toi-même été l'objet d'une traque sans merci de la fameuse Emily ?

Il a haussé les sourcils.

– Si tu savais…

J'ai regardé Mackenzie qui dansait et Brod qui quittait petit à petit le groupe de Mercy pour se rapprocher d'elle. Fort heureusement, ils étaient bien au milieu des autres danseurs, sans quoi même l'ultra cool Mr. Gray aurait été obligé d'intervenir. Dans sa mini robe blanche, Mackenzie dansait désormais si près de Brod que l'air autour d'eux semblait électrique. Elle allait obligatoirement s'attirer de sérieux ennuis. Declan a éclaté de rire, soudain. Décidément, je ne le comprenais pas.

Tout semblait glisser sur lui, en permanence.

Josh ne m'aurait jamais laissée dans cette situation. Il m'aurait attrapée par la main et m'aurait dit « Qu'est-ce que tu fais, Harper ? Tu es devenue aussi débile qu'elles ? ». Mais Josh n'était pas mon frère (et il ne le sera jamais…). Ni même plus mon ami.

Il était en train de danser avec Shiny Robinson, sans se soucier de mon existence. Josh ne dansait jamais avec personne. Il dansait seul, perdu dans un monde qu'il acceptait parfois de partager avec moi. Autrefois.

– Je connais Mackenzie, est intervenu Declan. Elle a la compétition dans le sang, contrairement aux apparences – il faut la voir jouer à Mario Kart – mais elle ne fera rien qui la mettrait en danger. Je connais aussi bien Brod. C'est un mec cool.

– Un mec cool qui est venu avec sa pire ennemie.

– C'était à tenter, a répondu Declan avec son sourire le plus mordant. En tout cas, ça a marché. J'ai presque de l'admiration pour lui. Pas facile de piéger une fille comme Mackenzie…

– De l'admiration ? C'est assez minable, quand on y pense.

– Tout le monde n'est pas comme toi, Harper.

Qu'est-ce qu'il voulait dire exactement ?

– C'est-à-dire ?

Il a froncé les sourcils.

– Tout le monde n'attend pas que l'autre fasse le premier pas.

Est-ce qu'il était en train de dire que j'étais une trouillarde ?

– Je te parie que je fais un truc dingue, là, maintenant, ai-je rétorqué, avec plus de passion que je ne l'aurais voulu.

– Comme quoi ?

– Demande-moi ce que tu veux.

Il a eu son sale sourire.

– Tu m'embrasserais, là, maintenant, en public ?

J'ai hésité.

Comme il me défiait de son regard ironique, j'ai répondu « Chiche » et je me suis penchée sur lui.

– Wow, du calme ! a-t-il dit. Je ne suis pas un garçon si facile.

Il rigolait franchement. Super. Je venais de me prendre un tel vent que j'aurais pu traverser l'Atlantique en une heure.

Un vent de Declan. En public.

– ... Et je ne t'embrasserai pas sur un pari, a-t-il déclaré, avant de reprendre son appareil photo et de mitrailler Zach et Flynn qui imitaient les DJ jumeaux en bas de l'estrade.

Puis il a ajouté, toujours derrière son appareil :

– Mais si ça peut te faire plaisir, tu as gagné. Maintenant, je sais de quoi tu es capable.

– Moi aussi, ai-je répliqué. Je sais de quoi tu n'es pas capable. C'est toi qui as la trouille.

Et je me suis fait un passage pour sortir du gymnase.

Dans le couloir, j'ai senti une main sur mon épaule. Je me suis retournée.

– Répète pour voir, a lancé Declan fermement.

– Tu as la trouille.

Il a lâché mon épaule, m'a contournée, s'est appuyé contre le mur, une jambe repliée, et a croisé les bras.

– La seule chose dont j'ai la trouille, Harper, c'est que tu recraches du Coca par le nez au moment où on s'embrasse.

J'ai eu envie de rire, bien malgré moi.

– Et peut-être aussi de tomber définitivement et éperdument amoureux de toi, a-t-il continué un peu plus bas.

J'étais super gênée et je me suis senti rougir. Du coup, comme d'habitude, j'ai choisi l'ironie.

– Si tu sens que ça arrive, préviens-moi.

– Quelle excellente idée ! a dit Declan sur le même ton. On n'a qu'à mettre au point un code. Si je sens que je tombe sérieusement amoureux de toi, je n'aurai qu'à dire…

– Gatsby ?

– Vendu ! a ri Declan.

– Qu'est-ce que c'est que ce bazar ? a hurlé soudain Transformer, du bout du couloir. Qui a encore coincé Andrew dans la poubelle de recyclage ?

Declan a mimé un rire et m'a prise par la main pour m'entraîner vers une porte entrouverte. Nous nous sommes faufilés dans les vestiaires des filles plongés dans l'obscurité, parmi les cartons qui devaient avoir contenu tout le matériel pour la fête.

– Et je continue à penser que c'est toi qui as la trouille, m'a chuchoté Declan dans l'oreille.

Il était tout proche de moi. Je sentais son souffle sur mon cou.

J'en avais assez qu'on dise que j'étais une fille sage, le genre de fille pour laquelle on se bat et à qui on fait la tête après. Le genre de fille dont on dit dans les toilettes des filles que c'est une idiote dont on a pitié.

Je me suis retournée et je l'ai embrassé. Ses lèvres ont répondu aux miennes. Il a passé son bras derrière mon dos pour m'attirer vers lui.

Ça n'avait rien à voir avec le baiser qu'on échange une première fois. La seule chose que j'ai réussi à penser était que Declan devait avoir embrassé des centaines de filles.

Il devait avoir un diplôme spécialement établi par des labiologues reconnus. Peut-être même une technique à son nom ? Je me suis demandé comment sa langue arrivait à faire un double salto avant sans blesser l'un de nous deux et j'ai aussitôt pensé aux concours de patinage artistique que ma mère nous obligeait à regarder.

Il fallait absolument que j'arrête d'avoir ce genre d'image quand j'embrassais un garçon.

La porte a grincé, la lumière a jailli d'un seul coup. La silhouette de Mr. Gray est apparue en contre-jour. Il nous a fait signe de sortir d'un geste nonchalant.

– Pourquoi faut-il qu'à chaque fois qu'on ouvre une porte, on trouve des adolescents en train de s'embrasser derrière ? a-t-il lâché d'un air las.

Je me suis retenue de répliquer que c'était parce que les profs avaient leurs propres bureaux.

Chapitre 17

Dimanche 17 décembre

Papa nous a tous réunis dans le salon après le petit-déjeuner. Ça faisait bizarre de le voir debout devant le canapé, comme quand il convoquait le conseil de famille pour annoncer une nouvelle importante. Désormais, il y avait Inger à côté de lui – ce matin-là, vêtue d'un pantalon années quarante et d'une chemise à jabot – et Odin assis sur ses fesses, à leurs pieds, qui ne lâchait pas le mollet de Tuppa des yeux.

– Il me fiche les jetons, ce gamin, a murmuré Tuppa à Benji.

– Il suffit de savoir le prendre, a répondu mon frère en agitant la main au-dessus du visage d'Odin qui lui a aussitôt adressé un sourire d'adoration.

Mon père a attendu que maman s'installe à côté de moi dans le fauteuil, les cheveux hérissés.

– Bien, puisque la famille est au complet… Inger, Odin et moi sommes vraiment très heureux de l'accueil que tu nous as fait, Rebecca. Nous tenons à vous remercier. Je n'avais plus de famille quand je suis entré dans celle-là et Inger n'a plus ses parents non plus. Je… malgré tout, vous tous, vous restez ma famille… Alors, voilà… D'abord, je ne suis pas très bon avec les mots.

– Tu m'étonnes, a ricané ma mère.

Il a haussé les épaules.

– Et je pense toujours que les photos, ce sont les seuls regards d'amour que je sais porter sur vous. Alors, bon…

Inger a allumé la télévision derrière elle et a trifouillé son ordinateur. Une vidéo est apparue. Aux premières notes, j'ai reconnu la chanson que papa nous passait toujours pour nous endormir, Benji et moi, *Why Do You Let Me Stay Here* ?

Le visage de maman, jeune et rousse, est apparu.

– Ne fais pas ça, Eston, a-t-elle murmuré d'une voix émue.

Pendant que She and Him chantonnait, les photos de papa défilaient. Il y avait Sean, Lauren, maman, Mumma, Tuppa et puis moi. Tout le monde a ri en voyant ma tête énorme et totalement chauve à la naissance. Des dizaines de photos ont défilé, beaucoup de Josh et moi, et de Benji et moi. Puis il y a eu des photos d'Inger, pas maquillée et sur les podiums comme nous avions l'habitude d'en voir, mais en sweat et jean au bord de la plage ou endormie dans un transat. Il y a eu Odin, dans son lit à l'orphelinat, et chez papa et Inger en Suède. Enfin, une série de photos très douces, de maman avec moi bébé dans les bras, puis Benji (sur celle-là, elle était brune) et enfin d'Inger avec Odin contre elle, et un sourire radieux.

À la fin, ma mère chouinait dans sa manche de pyjama et Tuppa s'essuyait discrètement les yeux.

Et tout ce que j'ai réussi à penser, c'est à Declan et ses propres photos et au fait que je n'avais visiblement pas réglé mon complexe d'Œdipe.

– Et du coup, on va tous passer Noël au ski ! s'est écriée Inger en faisant des petits bonds sur place.

– Comment ça, tous ? a dit ma mère.

– Vous, les enfants, Waldo, votre mère, Sean, Lauren, Josh, Pop...

– Merci, Inger, a répondu froidement ma mère. Je sais ce que « tous » veut dire dans cette famille.

Benji a sauté du canapé.

– C'est génial !

Papa avait l'air très content de sa surprise.

– J'ai déjà réservé l'hôtel à White Pass. Nous partons vendredi.

– Sean est au courant ? a demandé ma mère en plissant les yeux.

– Il est ravi, même ! Et toi, Harper, tu en penses quoi ?

J'en pensais qu'être coincée dans un hôtel au milieu des montagnes avec Josh en ce moment correspondait bien à ma définition de l'enfer.

– Super, ai-je grogné.

Ma mère a fait ses yeux éloquents à mon père, en mode « Tu vois bien ! » Parfois je suis bien pratique, surtout quand il s'agit de servir aux conflits de mes parents.

– Es-tu certain que c'était tout ce dont tu voulais parler aux enfants, Eston ? a-t-elle dit à mon père, en insistant bien sur son prénom.

Si ça se trouvait, il allait nous annoncer qu'il devrait se débarrasser de nous pour pouvoir assurer le budget nourriture de l'Empuanteur. Ou réduire tellement notre pension alimentaire que je devrais me résoudre à des pratiques infamantes, comme emprunter des livres à la bibliothèque municipale.

Des livres que d'autres gens avaient touchés. J'ai eu une soudaine crise d'angoisse.

– Arrête de te trémousser comme ça, Harper, m'a ordonné ma mère. Ton père essaie de vous parler.

J'ai réussi à me calmer, en classant mentalement tous mes livres par ordre alphabétique.

– Bien, a commencé mon père. J'ai longuement discuté avec votre mère et…

– Ce que votre père essaie de vous dire, l'a interrompu maman, c'est qu'on peut se séparer et continuer à communiquer dans le respect.

– Voilà, a repris mon père. Donc, je…

– Nous avons nos différences, votre père et moi, a continué ma mère, sans prêter attention aux tentatives désespérées de papa pour reprendre le contrôle de la conversation. Et même nos différends. Cependant, nous nous retrouvons toujours en tant que parents. Nous ne vous abandonnerons jamais.

– Même si on le demande ? ai-je lâché, histoire de détendre l'atmosphère.

Ils m'ont longuement regardée en silence.

– Bon, Harper, mets-la en veilleuse, a marmonné mon père. C'est fou de ne pas pouvoir en placer une, entre vous deux !

– Votre père essaie de partager une nouvelle importante avec vous, a alors lancé Inger. Maintenant qu'Odin fait partie de la famille, nous souhaitons que vous créiez des liens avec lui.

– C'est vrai, a dit ma mère. Votre père a déjà un certain âge et ce pauvre petit chou n'aura sans doute plus que vous alors qu'il ne sera même pas devenu adulte.

– Merci, Becca, a grogné mon père. Entendre parler de ma mort devant mes trois enfants figurait justement sur ma liste de cadeaux de Noël.

– J'essaie d'aider ! a maugréé ma mère en haussant les épaules.

– Elle a raison, a commenté Inger.

– Est-ce que tu vas mourir ? a demandé Benji.

Et il s'est mis à pleurer. Odin aussi, à tout hasard.

– Je ne vais pas mourir ! s'est exclamé mon père, excédé. Je vais venir vivre ici, avec Inger et Odin !

L'annonce a arrêté les sanglots surjoués de Benji, net.

– Enfin, nous allons habiter quelque temps à Los Angeles où je dois travailler. J'aimerais que vous nous rejoigniez, tous les deux.

Je me suis tournée vers ma mère. Alors que je m'attendais à ce qu'elle se jette par terre en hurlant à son tour, elle a hoché la tête.

– Votre mère est d'accord, a ajouté papa. Ce serait pour deux, trois, mois. Je vous ai trouvé une super école mais je veux connaître votre avis avant.

– Est-ce qu'il y aura une piscine dans ta nouvelle maison ? a questionné Benji.

Mon père a acquiescé.

– Alors, ça marche, a répondu Benji.

– Et toi, Harper ?

J'ai de nouveau regardé ma mère.

– Je suis vraiment d'accord, Harper, a déclaré maman. Je pense que ça vous fera beaucoup de bien, d'être avec votre père.

Elle a pris sur elle pour ajouter :

– Et Inger.

– Est-ce que je peux y réfléchir un peu ?

Mes parents m'ont dit oui. Puis Inger a remercié maman et l'a serrée dans ses bras. Quand elle a réussi à se dégager, ma mère avait un sourire figé assez inquiétant. Elle a repris un visage normal après quelques secondes, pour me dire :

– J'ai un cadeau en avance pour toi.

Elle a sorti un gros paquet de sous le canapé.

– C'est un ordinateur portable ultra léger. Comme ça, si tu décides de partir avec ton père, tu pourras l'emporter partout et m'envoyer des messages. Et en attendant, tu pourras écrire ton papier pour l'atelier d'écriture.

J'ai fait des petits bonds de joie. Meilleur pré-cadeau de Noël du monde.

– Mais si tu restes à la maison, ne t'imagine pas que tu pourras l'avoir dans ta chambre, a-t-elle précisé.

Puis elle a offert un téléphone à Benji en lui disant exactement la même chose.

Je l'ai déballé, pendant que mes parents et Inger parlaient du séjour à la montagne et que Tuppa tentait de récupérer la télécommande sous les fesses d'Odin.

– Justin est évidemment invité, même si je ne l'ai pas encore vu, minaudait mon père, perfide.

Ça a coupé la parole à ma mère, assez longtemps pour qu'il ajoute avec un sourire éclatant :

– Si je n'avais pas trouvé des légumes et du tofu dans ton frigo ce matin, je douterais même de son existence.

– Il n'y avait pas de tofu dans le frigo ce matin, a fait remarquer Inger. Juste l'espèce de jouet que tu as acheté à Odin pour se faire les dents.

– Je n'ai pas acheté de jouet à Odin pour se faire les dents, a dit mon père. Et même si je l'avais fait, je ne vois pas pourquoi je l'aurais mis dans le frigo.

– Mais si ! s'est écriée Inger, exaspérée. Ce truc en caoutchouc réfrigérant ! Je lui ai donné tout à l'heure ! Il l'a...

Elle est allée fouiller dans la pile de doudous qu'Odin aimait bien entasser dans le cache-pot du ficus du salon.

– Mais qu'est-ce qu'il en a fait ?

Ils ont tous regardé Odin d'un air inquiet. L'Empuanteur leur a lancé un sourire ravi et a roté un morceau d'emballage plastique sur le tapis.

– Il faut l'amener à l'hôpital ! s'est mise à hurler Inger, complètement paniquée.

– Vous faites ce que vous voulez mais pour ma part, je préfère ne pas être là quand cet enfant éliminera cinq cents grammes de tofu… a murmuré Tuppa.

Ma mère a rigolé et papa lui a jeté un regard noir.

J'aurais bien écouté la suite, mais mon téléphone s'est mis à biper furieusement. C'était Mackenzie.

– Tu peux venir ? m'a-t-elle demandé directement.

– C'est-à-dire que…

Elle ne m'a pas écoutée.

– Tu as regardé les réseaux sociaux, ce matin ?

– J'ai pas eu le temps. Tu sais, mon pè…

– Viens maintenant ! a-t-elle répété, avant de raccrocher.

Quand je suis partie de la maison, personne ne l'a remarqué. Ils étaient tous occupés à consulter des sites médicaux sur leurs téléphones, sauf Tuppa qui avait récupéré la télécommande en douce et regardait une quinquagénaire étaler du polish sur un 4x4, en buvant tranquillement sa bière. Odin en profitait pour mâchonner une feuille de yucca, sans qu'aucun des adultes présents ne s'en préoccupe.

Dans le bus pour aller jusque chez Mackenzie, j'ai imaginé les pires scénarios, le plus terrible étant une communication virale autour du fait qu'elle avait dansé plutôt serré avec Brod, vêtue d'une robe tellement moulante qu'on aurait juste cru qu'elle s'était peint le corps en blanc. J'ai consulté mon smartphone en douce, sans rien voir.

Mackenzie était allongée à même le sol, devant son portable, et geignait de façon tout à fait réaliste. Declan est entré dans le salon, en boxer et sweat à capuche, un sachet de pop-corn à la main, l'a enjambée calmement et est allé s'allonger sur le canapé, son pop-corn calé sur le ventre. Il m'a fait un petit signe de la main résigné, qui nous dispensait apparemment de la question « Doit-on s'embrasser pour se dire bonjour ? », celle qui menait inévitablement à l'autre question, bien plus importante : « Est-ce qu'on sort ensemble ou pas, finalement ? »

Mackenzie a relevé la tête en m'entendant. Elle avait les yeux bouffis et le nez rouge écarlate.

– Regarde, m'a-t-elle dit entre deux sanglots.

Je me suis retrouvée sur la page de Brod. Il y avait une photo de la soirée mais de Mercy et lui qui affichaient un grand sourire.

– Et ? ai-je lâché, un peu étonnée. Tu m'as fait traverser la ville pour ça ?

– Mais tu ne comprends pas ! Il est officiellement avec Mercy ! Après tout ce que j'ai fait !

Declan a soupiré derrière son paquet de pop-corn.

– Stratégie, stratégie, stratégie… a-t-il chantonné. Je connais Brod depuis le jardin d'enfants. C'est le mec qui s'est mis à marcher les pieds en dedans pour obliger ses parents à lui acheter un vélo, parce qu'il avait entendu dire que ça avait redressé ceux d'Aratu Gibson. Et il avait quatre ans.

– Mais qu'est-ce que je dois faire ? s'est remise à sangloter Mackenzie en me regardant.

– Lui dire la vérité ? ai-je avancé.

Il y a eu un silence éloquent.

– Ah quand même… a murmuré Declan. Harper, rassure-moi : tu ne comptes jamais travailler à l'ONU, hein ?

– Non, évidemment, ai-je répliqué avec mon plus grand sourire. Tu vois bien que je viens juste de commencer une formation pour m'occuper des handicapés !

J'étais super vexée.

– OK, ai-je ajouté. Il faut donc faire monter les enchères. Tu en es où avec James ?

– Qui ?! a bramé Mackenzie en se mouchant.

– Le membre de la famille royale avec qui tu es venue à la soirée hier soir.

Elle a paru réfléchir puis elle a interrogé Declan du regard.

– Ne me demande pas à moi, a marmonné Declan. J'étais occupé à ranger des ballons dans les vestiaires avec Harper.

Je l'ai fusillé du regard. Mackenzie a haussé les épaules.

– Je l'ai perdu de vue pendant la soirée.

Declan a rigolé.

– Ah mais oui, Harper, tu n'as pas suivi ça…

– Arrête, Declan, a grogné Mackenzie.

– Après son petit numéro de figurante de clip de Rihanna, ma chère sœur ici présente… Je lui dis ? Tu lui dis ?

Mackenzie a poussé un profond soupir. Mais dans ses yeux, il restait cet éclair furieux que je lui avais déjà vu quand elle avait décidé de défier Mercy.

– J'ai balancé un verre à la tête de Mercy.

– Et avant ? a lâché Declan, avec un grand, très grand, sourire.

– Je lui ai dit que j'avais vu sa robe sur la sœur Kardashian dont personne ne se souvenait du nom.

J'ai rigolé, d'autant que l'air désespéré de Mackenzie était proprement comique.

– Et après ? a continué Declan, au comble de la jubilation.

– J'ai embrassé Brod sur la bouche, devant elle.

– Et encore après ?

Mackenzie a enfoui son visage dans ses mains.

– Ma sœur est montée sur scène et a dansé avec les jumeaux de l'enfer. Devant tout le monde. Si, si. Il faut se rendre à l'évidence : nous avons créé un monstre.

J'allais me défendre de toute responsabilité dans cette affaire quand Mackenzie a relevé la tête.

– Est-ce que vous croyez que quelqu'un a filmé ?

– Bien sûr que non, Mack, a ironisé Declan. Et la vidéo n'est sans doute déjà pas en ligne.

Il m'a fait un signe de la tête pour confirmer qu'elle y était.

Je ne savais pas trop quoi faire, à part tapoter maladroitement l'épaule de Mackenzie qui s'est laissé faire, à mon grand désarroi.

– Écoute, peut-être que tout le monde comprendra que… enfin… peut-être que demain, ce sera oublié.

– Avec le nouveau classement des filles populaires qui tombe ? Ah ah ah, a répondu Mackenzie.

J'avais oublié ce détail.

Ce gros détail.

– Sans parler de mon article… Mais qu'est-ce que je vais pouvoir écrire ? a-t-elle lâché. Je me suis conduite comme une imbécile pendant une soirée et ça n'a rien donné ? Tu sais quoi, Harper, on s'est complètement plantées !

« On » ?

– Ce n'est pas facile d'être comme elles ! a-t-elle continué. Ça demande de faire attention à tout ce qu'on fait, tout ce qu'on dit, tout le temps !

J'ai réuni tout mon calme en m'inspirant de Justin et sa façon de faire « shh shh » d'un ton thérapeutique à ma mère quand elle pique une crise de nerfs.

– Réfléchis à ce qui est le plus important pour toi, Mackenzie. Brod, le classement ou ton article pour l'atelier d'écriture ?

À ce moment précis, une petite voix rigolarde m'a posé la même question, à la nuance près qu'elle avait remplacé Brod par « Josh et Declan ».

– L'article, a menti Mackenzie en jetant un coup d'œil vers son frère.

Pas question qu'elle avoue pour Brod devant lui, évidemment.

Declan a bondi de son canapé et s'est planté devant moi, avec son boxer et son sweat noirs, les cheveux ébouriffés et ses yeux verts plissés au-dessus de son plus sale sourire. Mes lèvres ont eu un petit mouvement, malgré moi.

– Je sais ce qu'il te faut ! Harper, tu m'aides ?

J'ai failli rétorquer que s'embrasser dans la cuisine n'aiderait certainement pas à résoudre le problème de Mackenzie. Puis je me suis dit que ce serait une bonne façon de se détendre, avec une mauvaise foi de la taille d'une des couches de l'Empuanteur.

À voir l'état de la cuisine, pas besoin de préciser qu'aucun adulte ne vivait dans cette maison. Declan s'est accoudé à l'évier, ce que je n'aurais pas fait, personnellement, de trouille de faire tomber le monticule de vaisselle qui y traînait. Paradoxalement, au milieu de tout ce bazar il était merveilleusement sexy. Les images de la veille m'ont sauté au visage, non sans commettre au passage plusieurs dégâts irrémédiables sur mon cerveau.

– Comme c'est mignon ! me suis-je exclamée pour dissiper mon embarras. Vous avez un refuge pour les rongeurs !

– Et te voilà ici ! a rétorqué Declan sur le même ton.

Ah ah.

– Tu veux un verre d'eau ? a-t-il continué.

– Potable ?

Il a souri.

– OK.

Il a tendu la main vers moi, a pris la mienne et m'a attirée vers lui.

Un long – très long – baiser plus tard, j'ai repris ma respiration.

– Il était temps, a murmuré Declan avec une grimace. Je crois que j'ai une cuillère à soupe enfoncée entre les omoplates.

J'ai ri.

– Tu voulais me dire quoi ?

Il a froncé les sourcils, sans doute pour remettre de l'ordre dans ses idées ou peut-être parce qu'il avait vraiment une cuillère coincée entre les omoplates et qu'il se demandait comment la retirer sans provoquer une hémorragie.

– Ah oui, pour le problème de Mack… Ça me paraît assez simple. Puisque Brod a décidé de jouer aux échecs, autant avancer nos propres pions.

« Nos » ?

– Le seul souci de Mack n'est pas Brod, ai-je fait remarquer. Il y a le classement aussi. Note que moi, je m'en fiche (*tellement pas*), je sais déjà où je serai. Et surtout, son article. Tu l'as écoutée ou quoi ?

– Pas plus que d'habitude, a dit Declan avec un haussement d'épaules. Dans un premier temps, je crois que Brod mérite une bonne leçon.

– Reste à trouver le pion adapté, ai-je suggéré. James ?

– Je ne crois pas, non. Vu la façon dont Mackenzie l'a planté…

– Laisse-moi y réfléchir, ai-je lâché, en voyant le sale sourire de Declan apparaître brusquement sur son visage.

– D'accord.

Et il m'a de nouveau attirée vers lui.

Quand je suis rentrée à la maison, le problème de Mackenzie n'avait pas avancé d'un centimètre. En revanche, moi, j'étais en bonne voie pour entamer des études de labiologie, avec l'assentiment de l'ensemble du jury. Je l'ai textoté à Declan, qui m'a répondu qu'il était heureux de servir la science.

Chapitre 18

Lundi 18 décembre

Apparemment, « mon nouveau petit frère a mangé mon devoir de maths » n'est pas une excuse acceptable. Même si c'est VRAI.

Histoire d'enfoncer le clou, le classement des filles populaires a été affiché juste avant le déjeuner, pour ne pas être découvert par la directrice qui évite scrupuleusement les couloirs à cette heure-là.

(Cette femme a un instinct pédagogique très sûr en s'abstenant de s'interposer entre trois cents adolescents et leur nourriture. Une fois, j'ai entendu une des dames de la cantine dire à une autre qu'elle avait demandé une prime de risques pour les jours où il y a des frites.)

Comme je l'avais prédit, Mackenzie était encore largement au-dessous de Mercy et moi tout en bas.

– Ta démonstration a été à la hauteur de ton ancien look, Mackenzie, a susurré Mercy. Très années quatre-vingt-dix.

– Quatre-vingt-dix ? ai-je répliqué, pour venir au secours de Mackenzie qui rougissait de rage. Ce n'est pas l'année de ta naissance, Mercy ?

– N'importe quoi ! a dit Charity. Si Mercy était née dans les années quatre-vingt-dix, elle aurait presque trente ans. Ce serait ultra bizarre qu'elle soit toujours au lycée !

Et elle s'est éloignée, en ajoutant :

– Tu parles d'un génie en maths !

À la fin de la journée, le corbeau avait encore déposé une de ses petites citations ultra mesquines dans mon casier.

« Je pourrais être un autre idiot ou une exception à la règle. »

– Qu'est-ce que ça veut dire ? a bafouillé Mackenzie.

– Je ne sais pas, peut-être que j'ai pris Josh pour un idiot.

– Ou Declan. Mercy se fiche bien de Josh, comme d'être compréhensible d'ailleurs.

J'étais en train d'y réfléchir, quand une voix de fausset a murmuré dans mon oreille :

– Je sais qui fait ça.

C'était Andrew Morales, sa capuche à moitié sur l'œil, telle une très mauvaise imitation d'un indic du

Bronx. Il a toussoté, avant de reprendre avec ce qu'il croyait être une voix plus virile.

– J'ai tout vu depuis la poubelle de recyclage, a-t-il martelé comme si c'était un gage de vérité.

– Et ?

– Tsss, a répondu Andrew. Tout a un prix, jeune fille. Tout a un prix.

Je savais ce qu'il voulait.

– Je voterai pour ton livre, Andrew, même si j'estime que c'est de la corruption.

Il a souri, satisfait.

– Sache que ce nom va t'étonner ! a-t-il repris, plein de mystère.

– On n'est pas sur Internet, est intervenue Mackenzie. Balance-le ou je t'allonge.

– Zach, a-t-il lancé précipitamment.

Zach ? Mais pourquoi Zach ? Flynn, j'aurais compris, du moins dans l'intention. Mais Zach ! De tous les basketteurs, c'était le plus gentil et, malgré ses fréquentations, le plus respectueux envers les filles. Et il draguait Mackenzie !

Cette dernière s'est aussitôt énervée :

– Évidemment, Zach !

C'est vrai qu'il était à la soirée avec Charity, l'âme damnée de Mercy. Et c'était un copain de Josh. Deux bonnes raisons de m'en vouloir.

– Bien, ai-je dit à Mackenzie. Je crois que nous avons notre appât.

– Un appât ?

– Résumons la situation : tu dois rendre ton article vendredi, ce qui est définitivement trop court pour gagner la compétition. D'un autre côté, tu veux rendre la monnaie de leur pièce à Brod et à Mercy. Il te faut un garçon pour ça, et moi, il me faut une vengeance. Et il se trouve que Zach craque sur toi. Tout le monde est gagnant.

– Je ne sais pas, a répondu Mackenzie. Utiliser quelqu'un contre son gré, ça me semble...

– Si tu as besoin de quelqu'un de consentant, je suis ton homme, a déclaré Andrew (qu'on avait oublié) en nous gratifiant d'un sourire qui devait être enjôleur, dans son esprit.

– Tu as passé trop de temps dans la poubelle de recyclage, Andrew, ai-je répliqué.

– À qui le dis-tu, a soupiré Andrew. Parfois, je me demande si je ne devrais pas m'y faire installer le câble.

Il avait l'air si résigné que Mackenzie et moi lui avons tapoté le dos en signe de compassion.

Au club de lecture, j'ai voté pour *Les quatre filles du docteur March*, tout en me promettant de le faire payer à Andrew d'une façon ou d'une autre. Jeremiah Blair-Wood aussi. Apparemment, seules Lian et Sara ne s'étaient pas laissé soudoyer. Pendant qu'il distribuait des questionnaires comme un prof, je me suis mise à réfléchir au problème de Mackenzie.

D'une façon ou d'une autre, il fallait trouver le moyen de réunir Zach, Mackenzie et Brod. J'ai envoyé un texto à Declan pour lui dire que je devais lui parler. Il a répondu presque aussitôt.

« Parler, vraiment ? »

J'étais en train de chercher un gif éloquent quand Andrew a tapé sur ma table avec mon exemplaire. J'ai fait un bond de trois mètres et mon doigt a ripé. Aussitôt, une pluie de petits cœurs a coulé sur l'écran.

– Tu es certaine que c'est le moment d'envoyer des SMS ? a-t-il demandé. Est-ce une priorité ?

Dire que je lui avais tapoté le dos et que j'avais voté pour son livre inepte !

J'ai hoché la tête, de mon air ultra insolent. Les yeux d'Andrew se sont posés sur les petits cœurs qui dégoulinaient encore sous le nom de Declan.

– Ma pauvre Harper ! À chaque fois que tu fais ce genre de chose, un car de féministes tombe du haut d'un ravin. Le respect est un combat de tous les instants...

Je lui ai répondu que j'y penserais la prochaine fois que je le verrais disparaître dans sa résidence secondaire.

Chapitre 19

Mardi 19 décembre

Atelier d'écriture du fabuleux Mr. Gray qui portait un pull gris col V sur un jean délavé, et une grosse écharpe rouge et vert. Je me suis demandé si sa femme passait ses journées à le contempler et si, dans ce cas, elle pensait parfois à s'alimenter.

– J'attends vos écrits pour vendredi, a-t-il rappelé. J'aurai ainsi tout le temps de les lire pendant les vacances.

– Est-ce que vous fêtez Noël en famille, monsieur ? a demandé Charity.

– Non, a répondu Mr. Gray. Tu sais bien qu'on range les profs dans un placard, quand ils ne sont pas en classe en train de mettre des idées saines dans vos esprits dépravés d'adolescents.

Charity a écarquillé les yeux.

– Je plaisante, a soupiré Mr. Gray. Pour le placard à profs, en tout cas.

Je me suis penchée vers Mackenzie qui grattait sur son papier.

– Tu penses que tu auras terminé cet après-midi ?

Elle a grommelé quelque chose à propos de l'échec de son existence puis s'est remise à écrire. J'ai insisté.

– Tu pourras venir au centre commercial ?

Elle a eu une lueur affolée dans les yeux.

– Pas pour du shopping. Pour le grand plan.

– Je ne sais pas, Harper.

Elle hésitait.

– Je comprends, ai-je dit, non sans une certaine perfidie (que je tenais manifestement de ma mère). Parfois il faut savoir abandonner une compétition. Après tout, il y a une cohérence entre Brod et Mercy.

Comme je m'y attendais, ses joues se sont enflammées.

– J'y serai, a-t-elle grondé.

Ce jour-là, Mr. Gray m'a « invitée à rester après l'atelier ». (Cet homme est tellement merveilleux.)

– Est-ce que tu as terminé ton écrit, Harper ? m'a-t-il demandé.

J'ai bredouillé quelque chose à propos de ma situation familiale et de mes autres activités.

– Ah oui, a-t-il rigolé. J'avais oublié que tu t'étais mise au sport.

J'ai trouvé ça hyper mesquin de me rappeler l'épisode du vestiaire, surtout de la part de quelqu'un qui flirtait éhontément avec la mère d'un de ses élèves.

– Je ne crois pas que je pourrai le rendre vendredi, ai-je dit. Je ne sais pas quoi écrire. Il n'y a aucun rebondissement. Même pas une vraie histoire.

Je lui ai quand même raconté mon histoire d'existentialisme potager. Il a beaucoup ri, puis il est redevenu sérieux :

– Parfois, il faut attendre d'avoir suffisamment de recul pour bien voir. J'attends ton papier pendant les vacances. Tu n'as qu'à l'envoyer sur le mail du lycée. Je pense que tu sauras très bien trouver un sujet, sans que ça implique une décapitation de courgette.

J'ai imaginé une courgette avec une perruque, dans une mini guillotine, façon noble pendant la Révolution française, roulant vers son sombre destin de Courgette Marie-Antoinette. Pour la cohérence, on l'appellerait Marie-Courgette.

Après réflexion, je me suis rendue à l'évidence : ça ne ferait pas non plus une histoire, sauf si j'ajoutais de la romance.

J'ai demandé à Declan s'il était d'accord pour vivre une grande romance potagère avec une courgette d'origine française. Il m'a répondu qu'avec les multiples personnalités que j'étais en train de développer, il envisageait plutôt une ratatouille.

Chapitre 20

Mercredi 20 décembre

Mise en place de notre grand plan au Cap Factory. Le café grouillait de monde, d'autant que le cappuccino épicé de Noël était en vente depuis la veille. Un haut-parleur crachait une playlist qui aurait comblé ma mère de joie. Mackenzie, Declan et moi étions en train d'attendre notre appât, ce traître de Zach. Je n'arrivais pas à croire que je m'étais laissé avoir par ses airs gentils et sa façon de toujours me demander comment j'allais, quand il me croisait avec Josh.

Lexie est passée à côté de nous, suivie par deux sophomore year qui ouvraient de grands yeux en regardant autour d'elle. Elle nous a dévisagés sans un sourire puis a posé les yeux sur nos gobelets.

– Ma mère est phytothérapeute, a-t-elle déclaré tout de go. À ta place, je n'abuserais pas de la cannelle, tu sais, Farmer. Ça accentue les états dépressifs.

Declan l'a dévisagée sans rigoler. La savane venait de se figer d'un seul coup.

– J'ai vu la vidéo de samedi, a-t-elle ensuite dit à Mackenzie. Je ne t'ai pas aidée pour ce résultat.

Sur ces paroles, avec un grand mouvement de cheveux, elle a fait volte-face et est partie s'asseoir à la table des aviateurs.

Declan a sifflé entre ses dents.

Puis tout est allé très vite : Mackenzie a fait mine de se lever, Brod est entré, Mackenzie s'est rassise, il est venu jusqu'à notre table, il lui a demandé s'il pouvait lui parler, elle a dit non, il a insisté, elle a répété non, il lui a demandé pourquoi elle avait dansé comme ça avec lui et nous nous sommes tous sentis super gênés.

Mackenzie a pris une grande inspiration et elle lui a rétorqué qu'elle avait trouvé ça marrant. Brod a répondu qu'il n'était pas un objet qu'on pouvait utiliser et jeter après, Mackenzie a fait « ah ah », il a serré les dents puis, d'un seul coup, lui a balancé :

– Tu sais pourquoi tu n'as pas gagné ce classement ? Ce qui rend populaire, ce n'est pas de jouer à la fille libérée ou d'agiter des pompons, ou encore de lancer des vacheries aux autres. Les filles vraiment populaires ne font jamais ça. Elles sont juste honnêtes avec elles-mêmes.

La lèvre supérieure de Mackenzie a commencé à trembler et j'ai cru qu'elle allait se mettre à pleurer.

– Ça suffit, a grondé Declan.

Nous nous sommes tous tus. Zach venait d'apparaître à notre table et nous contemplait, un peu étonné par l'atmosphère de guerre civile qui y régnait.

– Je dérange ?

– Pas du tout, a murmuré Mackenzie. Nous avions terminé, de toute façon. Je suis prête.

Elle a jeté le regard le plus méprisant de la terre à Brod puis elle est sortie du Cap Factory avec Zach qui fronçait les sourcils sans comprendre.

À notre table, le silence est devenu pour le moins pesant, jusqu'à ce que Brod s'en aille aussi. Declan et moi sommes restés devant nos cappuccinos froids.

– D'une pierre deux coups, a murmuré Declan, avec un sourire qui n'était pas le poli, ni l'adorable, ni le sale sourire.

Un sourire que je ne lui avais jamais vu et que, à vrai dire, je n'aimais pas trop.

À la maison, c'était aussi *un peu* le bazar. Ma mère était dans le jardin de devant et discutait avec deux policiers et Bob le voisin.

Apparemment, jeter des paillettes dorées sur le trottoir n'était pas autorisé par la convention de quartier.

– Je paie des impôts comme tout le monde ! braillait ma mère. J'ai le droit de peindre mon trottoir en doré si j'en ai envie.

– Le vent les entraîne sur ma pelouse, Rebecca, a objecté Bob le voisin.

Sean observait la scène, devant son chalet de Noël, en buvant son café.

– Le perdant fait la compta, tu te souviens, Becca ? a-t-il rigolé en levant son mug vers elle.

– On pourrait trouver un arrangement, a brusquement dit ma mère. C'est très important pour moi !

– Police ! Fascistes ! a scandé la voix de Tuppa derrière la porte d'entrée.

Ça n'a pas tellement plu aux deux policiers.

– Tu n'aides pas, papa ! a crié ma mère en direction de la maison.

– Vous avez une heure pour nettoyer ça, a dit le premier flic.

De l'autre côté de la rue, Sean a esquissé quelques pas de danse avant d'adresser, avec ses doigts, le L de loser à ma mère.

– Ne vous inquiétez pas, est intervenu le deuxième flic qui l'avait remarqué. Quand j'en aurai fini avec madame, je viendrai vous voir à propos de votre clôture.

Sean a arrêté de rigoler.

– Si je perds cette année, vous pouvez dire adieu à vos étrennes, a grommelé ma mère avant d'aller chercher un balai.

Puis elle m'a consignée pour le reste de l'après-midi.

Pourtant, je l'avais félicitée pour son bel esprit de Noël.

Chapitre 21

Jeudi 21 décembre

Allongée sur le canapé de Declan, la tête sur ses genoux, je tentais de prendre des notes pour mon papier. Mais il n'arrêtait pas de jouer avec mes cheveux d'une main tout en mitraillant son chat avec son appareil photo de l'autre. J'avais un peu de mal à me concentrer. En plus, j'avais quand même très envie de savoir ce que Mackenzie et Brod s'étaient dit. Brod l'avait attendue à la sortie du lycée, seulement comme j'étais en colle de maths à cause de mon devoir non rendu, je n'avais pas pu en savoir plus. Les regarder parler par la fenêtre était particulièrement frustrant mais vu la tête que faisait Brod à l'heure qu'il était, il devait regretter d'avoir tenté de jouer avec elle. Peut-être qu'il pleurait.

Après ma colle, j'étais allée directement chez Mackenzie où je n'avais trouvé que Declan qui n'avait pas l'air de s'en préoccuper. Tout ce qui lui avait semblé important sur le moment, c'était m'attirer dans le canapé avec lui et me caresser les cheveux.

À sa place j'aurais été inquiète pour mon meilleur ami. Je l'étais pour Mackenzie, au fond.

– C'est quand même un peu moche pour Brod, ai-je lâché pour amener la conversation sur le sujet.

– Mmmh, a répondu Declan, en dirigeant son appareil photo vers mon visage.

– Quand même, ça ne t'embête pas ? Brod a utilisé Mercy et Mackenzie a utilisé Zach. Même s'il le méritait, lui. Ce serait plus simple si tout le monde était honnête.

Par exemple, si, lui, il me disait qui était Emily, ce que ma dignité refusait de lui demander une nouvelle fois.

– Tu ne crois pas ? ai-je insisté.

– Oh, moi, tu sais, a-t-il déclaré. Je crois surtout à la liberté.

Génial.

– Tu te prends bien trop la tête ! a-t-il repris. Tu as trouvé un sujet pour ton papier, à ce propos ?

J'ai secoué la tête. J'avais pensé éventuellement écrire sur Mackenzie et Brod, et Zach, et l'histoire du corbeau, mais j'aurais eu l'air de copier son article. Pour me consoler, il m'a déposé un baiser sur le bout du nez.

– Au fait, tu n'as jamais vu ma chambre, a-t-il dit.

– Elle est aussi propre que la cuisine ?

– Ultra minimaliste, a répondu Declan très sérieusement. Il y a juste un lit.

Pas de sale sourire. J'ai rougi quand même.

– Tu pars demain, non ? a-t-il continué.

– Oui. Et toi ? Tu vas rejoindre tes parents pour Noël ?

– Non, pas cette fois, encore, a-t-il soupiré. Ma mère a trouvé la deuxième partie du manuscrit qu'elle cherche depuis des années. Ils nous ont envoyé des cadeaux. Et de l'argent.

Pour une fois, les événements n'avaient pas l'air de glisser sur lui. Son visage exprimait une tristesse inhabituelle.

Comme il ne disait rien, perdu dans ses pensées, j'ai contemplé le salon. Ce que je trouvais apaisant m'a soudain sauté aux yeux. Il n'y avait pas de décorations de Noël. Pas de sapin, ni de guirlandes, ni de chaussette suspendue à la cheminée. J'ai observé Declan du coin de l'œil.

– Tu as des décorations de Noël ? lui ai-je demandé.

Il a ouvert des yeux étonnés.

– Je pense, oui, dans le débarras.

Puis il a compris.

Comme nous n'avions pas de sapin, nous avons couvert une plante verte et la cheminée de guirlandes. Le résultat était tout à fait réussi. Declan a retrouvé d'immenses chaussettes de Noël qu'il a accrochées de chaque côté de l'âtre. Ça ressemblait presque à Noël.

Nous nous sommes de nouveau vautrés dans le canapé avec un thé, très contents de nous. Declan a passé son bras par-dessus mon épaule.

– Tu ne devrais pas boire de thé de Noël, Farmer, a-t-il lancé en imitant Lexie. La cannelle accentue les états dépressifs. Ma mère est phytothérapeute.

– Oh, Declan, j'adore les petites sœurs ! ai-je dit à mon tour. Et les animaux de compagnie. À ce propos, aurais-tu vu Tanner ?

Il a ri.

– Est-ce que tu penses que je devrais me refaire le nez ? ai-je continué en me scrutant dans un portable imaginaire, les lèvres en avant, comme Lexie.

Il m'a regardée et a cessé de rire, d'un seul coup. Il s'est penché sur moi.

Ses lèvres ont caressé les miennes. Ses mains ont attrapé ma taille mais avec douceur, comme s'il voulait juste la sentir sous elles. Puis plus fermement. J'avais le cœur dans la gorge.

Il a essayé de me faire basculer, toujours doucement et fermement à la fois. J'ai lutté, jusqu'à ce qu'il cède et que je me retrouve au-dessus de lui, mon visage tout près du sien. Je l'ai embrassé, un peu grisée par mon audace, les bras autour de son cou. Au bout d'un moment, il a rejeté la tête en arrière.

– Pourquoi c'est toujours moi qui finis plaqué sur le canapé ? a-t-il dit.

Sa voix était enrouée, ce qui le rendait encore plus craquant.

Je n'ai pas répondu et j'ai continué à l'embrasser. Quelque part dans mon esprit, quelqu'un a déclaré : « C'est terminé. Soyez forte. »

Mon cerveau venait d'expirer.

Declan a fait passer mes jambes de chaque côté des siennes, sans cesser de m'embrasser, et m'a attirée encore plus contre lui.

Puis, en souriant, il a réussi à me faire tomber sur les coussins, sous lui.

– Je ne suis pas un garçon facile, a-t-il murmuré.

Sa main s'est glissée sous mon pull et m'a caressé le ventre, très doucement. Elle est remontée, tout aussi doucement, pendant que ma bouche appuyait encore plus sur la sienne.

Je me suis demandé si on pouvait se faire une luxation de la lèvre supérieure et si, dans ce cas-là, il ne faudrait pas qu'on trouve vraiment un bon labiologue.

Mon cerveau a eu un soubresaut, pour me hurler : « Est-ce que tu es vraiment prête ? »

Je n'en avais aucune idée.

Tout ce que je savais, c'est que Declan avait ses mains sous mon pull et que je serais morte plutôt que de lui dire de s'arrêter.

Pourtant, il s'est figé en plein milieu d'un baiser particulièrement fougueux et s'est relevé sur un bras pour me contempler.

– Viens, je te ramène, a-t-il simplement dit en se levant et en me tendant la main.

Un peu déboussolée, je me suis relevée et je l'ai suivi.

Lorsque nous sommes arrivés en bas, un spectacle que personne n'avait imaginé nous attendait.

Brod et Mackenzie s'embrassaient passionnément contre le mur de l'immeuble.

Declan a grimacé.

– Tu avais raison, ai-je rigolé. Elle est en train de lui donner une leçon qu'il n'est pas près d'oublier.

Chapitre 22

Vendredi 22 décembre

Dans la voiture pour White Pass, son hôtel, ses pistes, sa tranquillité de courte durée.

J'avais tout le temps de penser aux derniers événements.

Après avoir surpris Mackenzie et Brod, Declan m'avait ramenée chez moi en voiture. J'avais envie de lui demander pourquoi il s'était arrêté. Je savais qu'il avait couché avec Mercy et probablement avec beaucoup d'autres filles.

Une fois garés devant chez la voisine, il s'était penché sur moi et m'avait embrassé le bout du nez, encore une fois.

– Tu savais que l'iguane marin pouvait retenir son souffle pendant quinze minutes ? m'avait-il dit. Tu imagines son niveau en labiologie ?

Dire que c'est moi qu'on trouve bizarre ! J'avais répondu la seule chose qu'il y avait à répondre en pareil cas :

– Est-ce que tu es en train de me plaquer pour un iguane marin, Declan ?

Il avait froncé les sourcils et il avait repris, avec son sale sourire :

– Si j'avais voulu sortir avec un animal à sang froid, je serais resté avec Mercy. J'ai lu aussi que les femelles des singes capucins les bombardaient de pierres pour les séduire. Et que les bonobos utilisaient le sexe pour acheter la paix sociale.

– J'en conclus que nous vivons en bonne intelligence, avais-je riposté sans me priver d'un rictus qui montrait clairement que toute cette histoire me passait au-dessus de la tête.

Il avait rigolé. Puis, comble de l'humiliation, il m'avait pincé le nez avant de me lancer :

– À bientôt, Dian Fossey.

Qu'est-ce qui clochait chez moi ?

D'après ce que j'avais compris, tous les garçons ne pensaient qu'à ça, surtout Declan, le garçon qui couchait avec la terre entière. Sauf moi, visiblement. Avec moi, il préférait chahuter, comme si j'étais une version vaguement sexuée de son meilleur ami. C'était d'ailleurs un de ses rares points communs avec Josh, en y réfléchissant bien.

Je finirais peut-être comme Chrissy, la copine célibataire de ma mère dont Lauren et elle disaient toujours que c'était une « chouette fille avec de la personnalité » pour ne pas mentionner le fait qu'elle devrait penser à s'épiler la moustache.

Pour le voyage, ma mère portait une combinaison de ski rouge et jaune et Justin un affreux bonnet péruvien (en plus de ses autres vêtements, je précise. J'ai malgré tout été tentée d'appeler les services d'aide à l'enfance). Bien entendu, l'habituelle playlist de l'enfer nous accompagnait, au grand désespoir de Tuppa. Personne n'avait conscience que j'avais presque fait l'amour le jour d'avant, vu que comme d'habitude, ma mère était concentrée sur la futilité de son existence au lieu de faire attention à sa fille aînée, et mon grand-père délirait sur le fait que Mumma serait là et que quand des gens s'étaient aimés pendant plus de quarante ans, ils savaient se tenir.

Sérieux doute de ma mère sur cette dernière partie. Pour une fois, j'étais d'accord avec elle.

– Que veux-tu pour Noël ? m'a demandé Justin, dans une de ses tentatives de faire le beau-père qui s'intéresse.

– Une autre famille, ai-je répliqué, avant d'enfoncer mes écouteurs tellement fort dans mes oreilles que j'ai cru qu'ils allaient atteindre mon cerveau.

Ma mère m'a lancé un regard réprobateur dans le rétroviseur et j'ai haussé les épaules.

Nous sommes arrivés à l'hôtel les premiers, parce que papa et Inger avaient dû s'arrêter plusieurs fois pour nourrir et changer Odin.

On peut dire beaucoup de choses sur mon père, par exemple qu'il est capable d'oublier un de ses enfants dans un parc ou encore qu'il promet parfois des choses qu'il ne fait pas, mais il sait choisir un hôtel. Il était immense, avec des bow-windows couverts de houx, comme dans une carte postale. À l'entrée, un voiturier a pris les clés de maman et un bagagiste nos valises.

– Est-ce que ces gens sont payés correctement, au moins ? a demandé Justin à ma mère.

– Ne sois pas ridicule, Justin, lui a-t-elle répondu. Nous ne sommes pas en République Dominicaine.

Justin a cependant tenu à porter son sac lui-même.

– On peut dire beaucoup de choses sur ton père, mais il sait choisir un hôtel, a dit ma mère, sans se rendre compte de son lamentable plagiat.

– Le fait que personne ne tique sur le bonnet péruvien de ton petit ami est déjà un gage de qualité, ai-je souligné.

Cette fois-ci, elle a rigolé puis nous sommes entrées.

La réception avait entièrement été décorée pour Noël, avec un sapin tellement grand qu'à côté, celui de Disneyworld avait presque l'air d'un bonsaï. J'ai commencé à arpenter les différents salons, où des gens super bien habillés prenaient des verres en regardant la montagne enneigée. Comme je n'étais pas obligée pour une fois de traîner Benji derrière moi, j'ai fait comme si j'étais une cliente parmi les autres, terriblement glamour et un peu en retrait, genre star incognito.

Ma mère est arrivée, aussi excitée que si elle venait de découvrir une fontaine de chocolat inépuisable.

– Sois discrète, Harper ! Je crois que j'ai vu Michelle Obama descendre jusqu'au hangar à skis !

Je me suis penchée au bow-window et j'ai aperçu de loin une femme en combinaison et bonnet blancs, ses skis sur l'épaule, qui se dirigeait vers l'accès aux pistes. Mais ma mère était déjà repartie en sautillant comme un lutin hystérique. Au temps pour ma couverture de star.

Je suis restée devant le bow-window, à guetter si je ne voyais pas d'autres gens célèbres revenir des pistes.

– Salut, a fait Josh derrière moi.

Je me suis retournée.

À force de l'ignorer en classe, j'avais oublié à quoi il pouvait ressembler en vrai. La neige avait parsemé ses cheveux de minuscules flocons qui brillaient sous les plafonniers du salon. Il a esquissé un sourire, un minuscule sourire de Josh d'avant, et ses yeux bleus souriaient aussi. Il était plutôt mignon, ce qui devait être aussi l'avis de la fille qui est passée à côté de nous et lui a adressé un petit signe de la main.

Il s'est posté devant la fenêtre à côté de moi.

– Chouette hôtel, a-t-il dit.

J'étais tellement sciée qu'il m'adresse la parole que je n'ai pas su quoi répondre sur le moment. Puis j'ai décidé que je pouvais bien faire le deuxième pas, puisqu'il avait fait le premier.

– On pourrait faire une trêve de Noël, ai-je murmuré.

– On pourrait, a répondu Josh sans quitter le paysage des yeux. Après tout, on était amis.

– Exactement.

Il y a eu un silence. Aucun de nous ne semblait savoir comment revenir à avant.

– Est-ce que tu es contente d'avoir un petit frère ? a-t-il demandé brusquement.

– Difficile à savoir…

– Clair qu'à ta place, j'aurais peur qu'il mange ma part d'héritage, a dit Josh en souriant.

– Je dois encore m'habituer à lui, ai-je avoué. Est-ce qu'il accepte que tu l'approches, toi ?

– Sans avoir à perdre plusieurs doigts ? Non.

J'ai rigolé.

– Je ne sais pas comment Benji et Poppy ont fait.

– À mon avis, ils se reconnaissent entre prédateurs, a souligné Josh.

J'ai encore ri, un peu nerveusement, à la fois soulagée et mal à l'aise. Soulagée parce que Josh me parlait de nouveau. Mal à l'aise parce que ce n'était qu'une trêve et que, dès la fin des vacances, nous allions sans doute de nouveau nous ignorer, à deux mètres l'un de l'autre.

Puis Josh m'a parlé de surf, jusqu'à ce que Lauren vienne nous chercher pour l'enregistrement à la réception. Quand elle m'a vue, elle m'a serrée dans ses bras.

– Ton père a eu une excellente idée, m'a-t-elle dit. Cette petite réunion va faire du bien à tout le monde, parce que merci l'ambiance depuis un mois ! C'est marrant, les coïncidences, parce que je viens de finir un livre qui raconte l'histoire d'une famille qui se retrouve dans un hôtel pour fêter Noël.

Je lui ai demandé comment ça se terminait.

– Ils s'entre-tuent tous, a-t-elle lâché tranquillement en se dirigeant vers le hall.

À la réception, ça a été le drame. Mumma ne voulait pas partager de chambre avec Tuppa et Josh a commencé à déclarer que s'il devait dormir avec Poppy, il préférait se construire un igloo. Son père a ricané qu'il ne tiendrait jamais une heure dans un igloo et ils se sont disputés. Pranny et Tuppa en ont eu assez et sont partis au bar. Plus personne n'a entendu parler d'eux, jusqu'à ce que la barmaid revienne en se poilant pour raconter à sa collègue qu'elle venait de discuter avec deux ex bikers super drôles et qu'elle devait aller à la réserve voir s'il restait de la vodka. Ça n'a pas plu à Granny qui est partie puis est revenue avec Pranny tout rouge et rigolard, suivi de Tuppa qui répétait « Allons, allons… ». Mumma lui a jeté un regard glacial avant de se tourner vers la réceptionniste pour appuyer sa demande de changement de chambre.

Comme l'hôtel était complet, mon père et ma mère ont commencé à faire des combinaisons. J'ai dit qu'avec tout le respect que je devais à mes ancêtres, je ne concevais pas de partager une chambre avec ma grand-mère, étant un esprit influençable et déjà perdu dans des considérations existentielles dont tout le monde se fichait.

Inger a dit qu'elle ne s'en fichait pas et qu'elle était là pour avoir « la » discussion avec moi si je le voulais. Papa a eu l'air paniqué, encore plus quand maman a fait remarquer d'un ton sec à Inger qu'elle avait déjà assez à faire avec un bébé et un homme incapable de réserver des chambres d'hôtel.

Derrière nous, une autre famille a demandé quand nous aurions fini notre cirque. Tuppa a répondu qu'il était un ancien combattant et qu'à ce titre, il avait la priorité.

Maman lui a demandé depuis quand il avait fait la guerre. Tuppa a répondu qu'il avait fait la plus belle guerre qui soit : la guerre de l'amour.

Ce qui aurait été émouvant s'il n'avait pas appuyé sa déclaration par un long mouvement de main qui a projeté toute la vodka de son verre sur le type qui râlait contre nous. Pour une raison inconnue, Pranny s'est mis alors à brailler qu'il avait fait de la lutte gréco-romaine au lycée. Josh a rigolé. Le type s'est mis aussi à brailler qu'il allait botter les fesses de quelqu'un.

Mumma s'est penchée sur la réceptionniste.

– Je dormirai dans la même chambre que ma petite-fille, a-t-elle déclaré.

Au même moment, ma mère m'a rappelé que c'était elle qui contrôlait l'abonnement de mon smartphone.

– Voilà, c'est arrangé, a-t-elle souligné en souriant, telle la femme diabolique qu'elle est.

– Sais-tu que le chantage est puni par la loi, maman ? ai-je quand même placé, alors qu'elle signait le registre.

Heureusement, son attention a été détournée par Justin qui revenait du restaurant où il n'avait pas vu de menu vegan. Inger est intervenue pour dire qu'elle aussi, elle trouvait ça hyper-choquant et qu'elle militait sur Twitter à ce sujet. Je me suis approchée de mon père.

– Riche idée, papa, ai-je dit. Est-ce que tu as conscience qu'à l'issue de ce séjour familial, Mumma m'aura convaincue de vivre dans une communauté autosuffisante avec un garçon du nom d'Arc-en-ciel Poussiéreux ?

– Ne t'en fais pas pour ça. Vu l'ambiance, cet hôtel a sûrement été construit sur un cimetière indien. Ça devrait occuper ta grand-mère une bonne partie de la journée, a grommelé mon père.

– S'il y a des esprits assoiffés de vengeance ici, je suis sûre qu'ils fuiront en voyant votre famille, a répondu la femme du type de l'autre famille derrière nous.

Tout le monde est allé récupérer ses bagages sur le chariot, sauf Tuppa et Pranny qui essayaient d'entraîner le type de l'autre famille vers le bar pour le dédommager, malgré sa femme qui criait qu'il n'avait pas le droit de boire d'alcool à cause de son traitement pour le cœur.

– Le seul traitement pour le cœur dont un homme a besoin, madame, c'est la compréhension et l'indulgence d'une femme ! a bramé Tuppa.

Mais il fixait Mumma.

– Je ne parle pas aux subordonnés du patriarcat, a-t-elle répondu.

Pranny est intervenu et Tuppa et lui ont déguerpi vers le bar en embarquant le type hébété.

– Je peux faire autre chose pour vous ? a dit la réceptionniste, les yeux sortis de la tête, avec une voix hyper-machinale.

Papa lui a répondu que oui, elle pourrait l'inscrire sur le registre sous un autre nom.

La chambre était hyper-spacieuse, avec deux lits aux montants blancs et une grande salle de bain. Sur la table devant la fenêtre, il y avait l'habituelle corbeille de fruits et de chocolats, et une bouteille de champagne que Mumma a aussitôt barbotée pour la poser sur sa table de chevet. Je me suis jetée sur mon lit pour lire les brochures. L'hôtel avait un SPA !

– Les SPA consomment énormément d'eau et d'énergie, m'a fait remarquer Mumma en sortant ses innombrables tuniques de sa valise. Tu es à la montagne. Il y a d'autres formes d'amusement. Quand j'avais ton âge…

Je suis rentrée profond en moi. Quand j'en suis ressortie, elle délirait toujours sur ses histoires de raquettes et de bonhommes de neige. J'ai envoyé un SMS à Declan pour lui dire que j'étais vivante.

« Tant que tu ne montes pas sur des skis. »

Peu de chances, d'autant que je devais finir la *Ferme africaine*.

Je suis descendue, mon père se tenait dans le hall, vêtu de sa combinaison de ski d'un noir absolu, et promenait Odin dans sa poussette. Il a eu l'air hyper-content de me voir.

– Tu as récupéré ton forfait ?

J'ai répondu que oui, évidemment, et que j'avais pris un livre pour passer le temps sur le télésiège.

– C'est vrai que tu détestes le ski, a dit mon père. Tu veux garder Odin ?

J'ai dit non. Il m'a embrassée.

– Merci, ma petite chérie.

Avant que je puisse réagir, il avait disparu, me laissant seule face au regard de l'Empuanteur fermement harnaché dans sa poussette. Du moins je l'espérais.

J'ai erré de salon en salon en poussant Odin jusqu'à ce que je tombe sur Lauren, blottie dans un fauteuil, face à la montagne, un plaid sur les genoux et plongée dans un roman.

– Salut, lui ai-je dit.

– N'y pense même pas, m'a-t-elle prévenue sans lever les yeux de son livre.

Odin a choisi cet instant précis pour se mettre à vagir, ce qui nous a obligés à sortir précipitamment et à nous réfugier dans ma chambre. Une heure après, il avait épuisé la corbeille de fruits, une partie des chocolats, et s'était endormi dans sa poussette.

– Vraiment, vous, les jeunes, je ne vous comprends pas, a déclaré Mumma en revenant dans la chambre, les cheveux légèrement humides et l'air carrément louche. Vous avez cette magnifique nature à portée de main et toute cette fabuleuse énergie en vous, et vous préférez rester enfermés dans une chambre !

Quand elle a découvert Odin dans sa poussette, un ananas entre ses petits bras potelés, elle a fait une drôle de tête et est ressortie aussitôt.

La lâcheté est apparemment une tradition familiale.

En descendant pour viser le fauteuil que j'avais repéré à côté de celui de Lauren, j'ai trouvé un message de Mackenzie sur mon portable.

« Rendez-vous avec Brod ce soir. Attachés ou pas ? »

Je me suis demandé de quoi elle parlait. Puis j'ai cliqué sur la photo.

C'était un selfie d'elle avec la moitié des cheveux tirés en arrière et l'autre moitié qui tombait sur son épaule. Elle se forçait à sourire, ce qui faisait plutôt flipper qu'autre chose.

J'allais lui répondre « attachés » quand j'ai distingué l'arrière-plan.

Declan était assis sur le canapé de leur salon, les pieds sur la table basse, son ordinateur sur les jambes. Derrière lui, une fille lui encerclait les épaules des bras en rigolant. Bien que son visage soit plongé dans la pénombre, je voyais son sourire, à lui.

J'ai refermé mon portable, le cœur battant.

« Je crois à la liberté. »

Oui, en effet. Ça devait bien l'arranger.

J'ai traversé le hall, puis le bar où Mumma et Granny étaient installées : les dernières personnes à qui j'avais envie de parler à ce moment précis. J'imaginais déjà les commentaires de ma grand-mère qui, sans nul doute, trouverait l'attitude de Declan ultra progressiste.

Je mourais d'envie de répondre à Mackenzie. Je mourais d'envie d'envoyer un message à Declan. Mais j'ai ignoré les messages que Mackenzie continuait de m'envoyer et qui faisaient vibrer mon portable dans ma poche. Je me suis glissée à côté de Lauren et j'ai ouvert mon livre, sans être capable de lire une ligne.

« Je crois à la liberté. »

Traduction de « J'ai dû changer de labiologue pour ne pas me faire sucrer mon permis pour excès de vitesse labiale. »

Par le bow-window, j'ai vu Josh qui jouait dans la neige avec Poppy et Benji. Il portait une parka bleue et une grande écharpe blanche. Il s'est tourné vers la fenêtre et m'a souri. Et son sourire semblait me dire « Je te l'avais bien dit ».

J'ai craqué.

J'ai pris mon portable et ai répondu à Mackenzie.

« Attachés. C'est qui, la fille derrière ? »

Elle m'a répondu aussitôt :

« Ben, c'est Emily ! Declan t'en a parlé, non ? Robe ou jean ? »

Emily. Dans le canapé où la veille, j'avais presque fait l'amour avec lui. (Presque.)

J'ai bien choisi mes mots pour lui répondre, la gorge serrée.

« Jean. Oui, il m'en a parlé. »

Deux secondes plus tard, mon téléphone vibrait.

« Elle est super cool ! Declan et elle se ressemblent tellement. Baskets ? »

S'ils se ressemblaient tant que ça, j'espérais qu'ils se consumeraient l'un l'autre dans leurs propres mensonges. J'ai rassemblé tout mon courage pour écrire :

« Définitivement non. Est-ce que tu as conscience de ce que tu es en train de me dire ? »

La réponse a mis un peu plus de temps à arriver. Temps pendant lequel j'ai hésité à envoyer un SMS vengeur à Declan. J'allais le faire quand j'ai reçu :

« Oui, tu as raison. Je vais demander à Emily. Amuse-toi bien ! »

Au même moment, j'ai reçu un message de Declan, envoyé depuis son ordinateur. Alors qu'Emily venait de se suspendre à lui comme Odin à un chapelet de saucisses.

« Tu t'amuses bien ? »

Moins que toi, ai-je pensé.

J'ai refermé mon portable.

– Qu'est-ce que tu as à t'agiter comme ça ? m'a demandé Lauren.

– J'essaie de retirer le couteau que j'ai dans le dos, ai-je marmonné.

– Oh, d'accord, m'a-t-elle répondu avant de se replonger dans son roman.

En même temps, je parlais à une femme qui partait tranquillement en vacances avec sa famille alors qu'elle avait des rendez-vous secrets avec le prof de son fils qui était marié, au passage. Mr. Gray devait *croire à la liberté*, lui aussi.

Chapitre 23

Samedi 23 décembre

Je sais désormais de qui je tiens mes gènes défectueux.

J'ai été réveillée à l'aube par un hurlement affreux, suivi de plusieurs autres.

Au début, j'ai cru qu'un animal était venu mourir sous nos fenêtres. Mumma s'est levée et a écarté les rideaux.

En fait, c'était Tuppa qui chantait sous le balcon. Pranny l'accompagnait à la guitare. Mumma les a contemplés puis a refermé les rideaux d'un coup sec. Quelques secondes après, j'ai entendu un employé leur demander d'arrêter, parce que plusieurs clients étaient venus se plaindre à la réception.

Plus tard dans la matinée, j'ai réussi à me faufiler jusqu'à mon spot devant le bow-window, quand mon père m'a rejointe, Odin endormi dans sa poussette.

– Pas la peine d'essayer, papa, l'ai-je prévenu.

Il s'est assis à côté de moi.

– Ta mère m'a dit que tu avais rompu avec Josh. À cause d'un photographe. Ça va quand même ?

J'ai haussé les épaules.

– Ce n'est pas si dramatique, Harp', et certainement pas la première fois qu'une fille Bry largue un sportif pour un photographe.

– Je ne vois pas le rapport, ai-je répliqué pour le principe.

Je le voyais parfaitement bien.

– Je ne pense pas que Sean t'en ait voulu pour ça, lui…

– Ah non, pas du tout, a ironisé mon père. Sauf évidemment si on excepte les quarante mille allusions qu'il m'a balancées les premières années de mon mariage avec ta mère. Sans parler du fait que j'avais parfois l'impression que je ne ferais jamais partie de la tribu. J'en faisais partie, à ma manière. Je ne veux pas t'influencer, Harper, mais j'aimerais vraiment qu'Odin ait une vraie famille et que tu le considères comme tu considères Benjamin.

– Tu veux que je souhaite sa mort ? ai-je rétorqué.

Mon père a ri.

– Si c'est pour toi ce qui se rapproche le plus d'un sentiment fraternel, alors oui. Pour le reste, ne te fais pas de souci. Dans quelques années, tu t'apercevras du chemin que tu as parcouru et tout prendra du sens. Disons que pour l'instant, tu travailles juste la mise au point.

Il fallait absolument que l'ensemble de cette famille arrête les métaphores…

– Ça doit être plus simple, d'être adulte, ai-je répondu.

– Ça viendra bien assez tôt, a dit mon père. Ne te presse pas.

Comme pour appuyer ses paroles, Odin a poussé un profond soupir. Nos yeux se sont posés sur lui.

Avec son tout petit nez, ses joues rebondies et ses longs cils, il avait l'air d'un parfait petit ange.

– Il est mignon quand même, non ? a murmuré mon père.

J'ai acquiescé. Juste avant de me demander si le truc qu'il serrait entre ses bras, sous la couverture, était bien un os de gigot.

La journée a passé aussi vite que la fin déchirante de la *Ferme africaine*. J'ai chouiné toutes les larmes de mon corps, recroquevillée dans mon fauteuil. Lauren était dans le fauteuil d'à côté et pleurait également, penchée sur son roman.

– Il est triste aussi, le tien ? lui ai-je demandé.

– Oh non ! s'est-elle écriée. Mais il est tellement mal écrit !

Cette femme est complètement folle. Du moins, encore plus folle que moi.

Aucune nouvelle de Declan.

J'ai repensé à son air bizarre quand il avait arrêté de m'embrasser. Dire que j'avais cru que c'était parce qu'il avait vu en moi la future Chrissy à moustache ! Même pas ! Il ne voulait sans doute pas tromper Emily.

Comment avais-je pu être aussi stupide ? Et Mackenzie, cette fausse amie… Elle était exactement comme lui. Tous les deux jouaient à des jeux. Brod avait raison là-dessus : aucun des deux ne savait être honnête.

J'ai ruminé jusqu'au dîner. Josh n'a même pas réussi à me faire rire quand il est rentré du ski et qu'il m'a raconté le gadin de son père. Apparemment, l'extrémité du tire-fesses s'était coincée dans sa combinaison et il avait continué à être tracté après les bandes de limitation, pour finalement s'écraser contre un panneau « Arrêtez ici ».

Quand nous sommes arrivés à la porte de la salle à manger, Josh s'est tourné vers son père et lui a dit :

– Je crois que tu ne devrais pas rentrer là, papa.

– Et pourquoi ? s'est insurgé Sean, l'air brusquement inquiet.

– Oh, pour rien, je pense simplement que tu devrais…

Il a souri.

– … arrêter ici.

– Ah ah ah, a répondu Sean. Rappelle-moi cette bonne blague quand je sortirai mon portefeuille pour te donner ton argent de poche.

Truc dingue, nous avions une salle à manger rien que pour nous.

– Excellente idée, Eston, a dit Mumma à mon père.

– Je n'y suis pour rien, a-t-il rétorqué. À mon avis, tous les clients de l'hôtel se sont cotisés pour privatiser cette pièce.

– Le personnel a mis de sa poche aussi, a ajouté Sean.

Puis il a demandé à Poppy de rendre son chariot au bagagiste.

Après le dîner, tout le monde s'est dispersé. Les adultes sont partis au bar, sauf Inger qui est montée avec Odin, Benji et Poppy.

Avant de sortir, j'ai entendu Lauren dire à ma mère que Inger était quand même sympa de coucher aussi Poppy et Benji au lieu d'aller boire avec les autres.

– Elle n'a probablement pas de fausse carte d'identité, la pauvre, a répondu ma mère avant de m'ordonner d'aller aussi dans ma chambre.

Ce que je me suis empressée de faire, pour ne pas assister à l'affligeant spectacle de ma famille lâchée dans un open bar.

D'autant que, même si j'avais le cœur serré comme me l'a dit Josh juste avant de monter, rien qui ne pouvait être réglé par un écran géant et la centaine de chaînes du câble. (Sauf que lui n'avait pas le cœur serré, visiblement. Il parlait seulement de l'open bar.)

J'ai eu à peine le temps de me changer et de m'installer sur mon lit. On a toqué à la porte.

– C'est Josh ! a braillé Josh. Je t'en supplie, ouvre-moi. Je demande l'asile politique !

J'avais oublié qu'il partageait sa chambre avec Poppy et vingt-cinq chaînes pour enfants. J'ai ouvert.

Il était en pyjama. À l'aise. Il s'est jeté sur le lit de Mumma, à la Josh, et a pris la télécommande.

– Mumma va bientôt rentrer, lui ai-je fait remarquer.

– Aucune chance ! Elle est occupée à ignorer Tuppa. On a la paix pour plusieurs heures. Tu veux regarder quoi ?

Il a poussé un soupir de satisfaction.

– C'est exactement comme quand on était petits. Tu te souviens de la période de Noël ? Quand on pouvait regarder ce qu'on voulait le soir à la télé parce que les parents étaient trop occupés à faire la fête ?

J'ai ri nerveusement en m'installant sur mon lit. Entendre Josh me dire à mi-mot qu'il était content qu'on soit amis me serrait un peu plus le cœur. Mais c'était bien qu'il soit là. Je pensais un peu moins à la trahison de Declan.

– C'est assez cool qu'ils pensent qu'on ne se parle plus, tu vois, a continué Josh. Aucune chance qu'ils croient qu'on est dans la même chambre.

Josh a commencé à zapper. Je lui ai demandé de me donner la télécommande, il n'a pas voulu, je lui ai jeté mon oreiller à la tête, il m'a lancé le sien, je lui ai arraché la télécommande des mains.

Et soudain, c'était comme avant. On regardait un film idiot de Noël ensemble, en se battant pour les chocolats que j'avais sauvés d'Odin.

Au bout d'un moment, Josh m'a dit, sans quitter des yeux l'écran sur lequel une petite fille courait dans la neige pour retrouver son chien :

– Quand j'ai commencé l'atelier d'écriture, ma mère m'a reparlé du livre que tu lisais l'été dernier.

– *Les Hauts de Hurlevent* ?

– Non, le chat dans le chapeau[1], banane... Ils sont un peu débiles, non ? Heatruc et Cathy ? Ils pouvaient juste dire qu'ils s'aimaient et voilà.

– Je t'aime, Heatruc, ai-je répondu. Je t'aime aussi, Cathy. Page deux. Fin de l'histoire, merci, au revoir.

Josh a rigolé. J'ai eu un doute.

– Tu l'as lu ?

– Moi, lire un livre ? s'est insurgé Josh. Tu déraillles complètement, ma vieille...

– Tu t'es bien mis à écrire.

Il a eu son sourire insolent.

– Soixante-dix-huit fois la même phrase. Je te rappelle que je n'ai pas eu le choix, moi. C'était ça ou plus de basket, rapport au pain que j'ai mis à ton amoureux transi. Franchement, Harper, tu crois quoi ?

– Oui, ce serait déraisonnable d'imaginer que tu puisses t'intéresser à ton travail scolaire, ai-je dit d'un ton ultra solennel.

1. *The cat in the hat*, livre pour enfants très connu aux États-Unis.

– Ou que tu montes sur des skis.

Nous avons terminé de regarder le film puis Josh a éteint la télé et s'est assis sur le lit pour contempler le paysage par la fenêtre. Je n'avais pas fermé les stores. On voyait la neige se soulever par grandes bourrasques.

– À quoi tu penses ? ai-je demandé.

Il m'a dit à quoi il pensait. Quand on était petits et qu'il neigeait, il imaginait qu'on vivait en Alaska, dans des igloos. Je me souvenais de cette période-là.

– C'était bien quand on ne se cachait rien, ai-je dit à Josh. Ça me manque.

Josh a fait une grimace.

– Est-ce que c'est ton grand-père ? a-t-il soudain murmuré.

Je me suis levée.

Effectivement, Tuppa se tenait juste sous le balcon.

– Est-ce qu'il construit un bonhomme de neige en pleine tempête ? a repris Josh, entre l'admiration et l'incrédulité. Il a une forme bizarre.

Ce n'était pas un bonhomme de neige.

Moi, je le savais, aussi bien que je savais que Tuppa était complètement fou. Nous l'avons observé pendant qu'il entassait la neige pour la sculpter.

Quand il a eu fini, un arbre de neige s'élevait vers la fenêtre. Le vent faisait tourbillonner des guirlandes autour de ses branches nues.

– C'est beau, a murmuré Josh.

Moi aussi, j'ai trouvé ça beau.

J'ai repensé à ce qu'il m'avait dit à la maison du lac, le fait que l'hiver viendrait, mais que tout irait bien tant qu'il y aurait un grand homme et une femme plus grande encore. Il avait fabriqué un arbre d'hiver. Josh et moi sommes restés côte à côte, à le contempler, en silence.

Jusqu'à ce que Tuppa se mette à brailler « Joan ! Joan ! », tellement fort qu'on l'entendait par-dessus la tempête.

Nous avons vu la silhouette de Mumma traverser l'esplanade de neige à son tour. Elle n'avait pas l'air très contente. Elle a commencé à remuer les bras dans tous les sens. Tuppa se tenait devant elle, les mains sur les hanches.

– Il va prendre cher, ai-je dit à Josh.

– Pas sûr, a-t-il répondu.

Peu à peu, Mumma a arrêté de crier et de s'agiter. Peut-être parce que ce que lui racontait Tuppa arrivait à la calmer ou plus probablement parce qu'elle commençait à geler sur place.

Soudain, elle a fait un pas vers lui. Elle a posé ses mains sur les épaules de Tuppa. Ils se sont embrassés, dans la tempête, au pied de l'arbre de neige.

– Il est quand même fort, ce Tuppa, a sifflé Josh.

– Ou alors c'est le seul moyen qu'elle a trouvé pour le faire taire, ai-je fait remarquer.

Josh a souri.

– Ça a déjà marché pour toi et moi, a-t-il dit.

J'ai attrapé le coussin derrière moi et je le lui ai balancé dans le visage. Il a fait un bond et m'a jetée sur le lit. Nous avons commencé à nous battre en rigolant. Puis j'ai eu froid et je suis repartie me blottir sous ma couette. Josh s'est allongé sur le lit de Mumma.

Au bout d'un moment, il a dit :

– Tu me manques aussi, tu sais.

La tempête couvrait un peu ses paroles. Les mots ont soudain jailli de ma gorge, presque malgré moi.

– Je suis sortie avec Declan.

Il y a eu un silence, puis la voix étouffée de Josh, dans l'obscurité.

– Je sais.

Il n'y avait rien à ajouter.

Nous nous sommes endormis, bercés par le bruit de la tempête.

Chapitre 24

Dimanche 24 décembre

Réveillée à l'aube par un cauchemar.

J'étais obligée de courir autour du terrain de foot du lycée, en robe longue et talons. Les gradins débordaient de monde.

Dans le public, il y avait Declan et la fameuse Emily, que mon inconscient avait affublée d'un chapeau de lutin, et aussi Josh et Shiny Robinson. Ils tenaient une grande bannière, de celles qu'on utilise pour les compétitions. Je n'arrivais pas à bien voir ce qui était écrit dessus, surtout occupée à ne pas tomber malgré mes talons aiguilles.

Puis je me suis retrouvée devant des pupitres éclairés par des projecteurs, comme ceux des jurés dans une émission de téléréalité. Declan, Emily, Josh et

Shiny se tenaient chacun derrière l'un d'eux, la main sur un champignon (un vrai champignon, genre amanite phalloïde). Ils parlaient de moi comme si je ne me tenais pas juste devant eux.

« — Elle n'a pas beaucoup scoré, affirmait Josh.

– Il faut dire qu'elle attend beaucoup que les autres fassent le premier pas, a répondu Declan.

– Est-ce qu'on ne pourrait pas faire quelque chose pour ses cheveux ? est intervenue Emily, avec la voix de mon abominable cousine Beatrice dont c'est l'obsession.

– Oh, non, je t'assure, a répondu Shiny de son petit ton gentil. Il n'y a rien à faire de ce côté-là.

– Est-ce que tu as quelque chose à dire pour ta défense, Harper ? m'a demandé Josh.

Il me regardait droit dans les yeux, avec beaucoup de douceur.

Josh a secoué la tête, navré. Puis il a appuyé sur le champignon qui s'est écrasé dans un chuintement spongieux. Les trois autres l'ont imité.

La bannière des gradins est apparue au-dessus de leurs têtes.

Il y avait écrit, en grandes lettres : LOSER.

Une main s'est posée sur mon épaule.

– Je suis désolé, mademoiselle, a dit le type en blouse blanche. En tant que labiologue certifié, je me vois dans l'obligation de vous retirer votre permis. »

Puis il a sorti un raton laveur de sa poche et l'a posé dans mon cou.

Je crois que ce qui m'a réveillée, c'est de vraiment sentir quelque chose dans mon cou. J'ai entrouvert les yeux.

Une odeur de pain d'épices m'a chatouillé le nez. Je l'ai reconnue tout de suite. Les cheveux de Josh me caressaient la nuque. Sa main était posée sur mon épaule.

– Tu prends toute la couette, Harper, a-t-il grogné.

J'ai fait un bond pour me dégager.

– Qu'est-ce que tu fais là ?

Il a relevé la tête, ahuri.

– La faute de Benji... a-t-il répondu.

D'un geste vague, il m'a montré le lit de Mumma. Benji y dormait à poings fermés, pelotonné sous les couvertures.

– Il sent une infection, a ajouté Josh en s'étirant.

– Et qu'est-ce qu'il fait là ?

– Aucune idée. Je me suis réveillé en pleine nuit et il était dans mon lit, tout simplement. Il a peut-être fait un cauchemar. En tout cas, il faut qu'il prenne un bain.

J'ai reniflé. Effectivement, une drôle d'odeur planait dans la chambre, par-dessus celle de Josh que je connaissais par cœur. Une odeur de graisse froide. Josh a poussé un cri.

– Zut, Poppy ! Elle va voir que j'ai découché !

Il a bondi du lit.

– Pas question de céder à son chantage en ce moment, je suis complètement à sec !

Il a disparu de la chambre en courant, me laissant seule avec l'odeur de vieux hamster moisi de Benji.

Lequel a refusé de prendre un bain, quand il s'est enfin réveillé.

– Cette odeur, c'est ma garantie de survie, a-t-il dit. Tu ne connais rien au règne animal, ma pauvre.

Je vivais pourtant dans cette famille depuis plus longtemps que lui.

Il a refusé de m'en dire plus sur le sujet mais a quand même fini par m'avouer qu'il avait été viré par Tuppa et Mumma en pleine nuit, avant de mettre une des chaînes de dessins animés. J'ai attrapé mes vêtements et j'ai fui.

Je n'ai pas eu beaucoup de mal à retrouver la table de ma famille même si, pour une fois, personne ne piaillait (ce qui expliquait sans doute qu'on ait accepté notre présence avec les autres clients). À part Inger, tout le monde avait une tête de zombi. L'open bar avait fait des ravages. Odin aussi, dans son assiette. Je me suis vaillamment assise entre sa chaise haute et ma mère. L'Empuanteur a vaguement tourné la tête vers moi, puis s'est remis à patouiller sa compote de pommes d'un air écœuré, dans le but visible de la désintégrer et de pouvoir passer aux choses sérieuses.

– Où sont Mumma et Tuppa ? ai-je demandé d'un ton innocent.

Ma mère m'a répondu d'un grognement étouffé depuis sa tasse à café.

– Puisque personne ne peut aller skier ce matin, on pourrait passer un moment ensemble, si tu veux, Harper, a annoncé mon père.

– Tu as un truc à me dire ? ai-je avancé.

– Non, pourquoi ?

Je me suis méfiée.

– Vous allez vous marier ?

– Non, non, a répondu mon père. Quelle idée !

– Vous avez un enfant ensemble, ai-je objecté. Ce serait normal, non ?

– N'importe quoi ! a bramé Inger. C'est fou comme les adolescents peuvent être réacs ! De toute façon, si je me marie un jour, ce sera une cérémonie pour rire, avec des druides et des couronnes de fleurs.

Dieu merci, Mumma n'était pas là pour entendre ça, sinon nous étions bons pour un cours d'histoire irlandaise.

Ma mère a sorti la tête de sa tasse de café pour rigoler.

– J'ai vraiment hâte de te voir avec une couronne de fleurs sur la tête, Eston. Tu seras en toge ?

– Toujours aussi drôle, a marmonné mon père. Quand nous nous sommes mariés, tu m'as bien obligé à… Odin, lâche mon écharpe, je t'en supplie, c'est du cachemire…

Nous n'avons jamais eu la suite mais vu le sourire réjoui de ma mère, j'imagine qu'il faisait allusion au col mao qu'elle lui avait fait porter et qu'il lui avait reproché pendant des années.

– De toute façon, il n'est pas question de mariage, je dois vous parler d'autre chose, a-t-il repris après avoir récupéré son écharpe et tenté de nettoyer la compote baveuse qu'Odin avait étalée dessus.

Josh m'a retrouvée au buffet des pancakes, où on pouvait les commander au parfum qu'on voulait et qu'un serveur en costume blanc préparait juste devant nous. Benji et Tuppa venaient de s'installer à table, ainsi que Poppy.

– Bien dormi ? m'a-t-il demandé.

– Un peu à l'étroit. Et toi ?

– Comme un bébé. En parlant de ça, je crois avoir découvert comment amadouer ton nouveau petit frère.

Je lui ai jeté mon regard interrogateur de circonstance.

– Regarde, m'a-t-il dit.

J'ai tourné la tête dans la direction qu'il m'indiquait. Plus ou moins discrètement, Poppy et Benji transvasaient des tranches de bacon grillé de leurs assiettes à leurs poches de pantalon.

– Ils font des provisions pour plus tard ?

– Regarde, je te dis, a répété Josh avec un sourire.

Benji a pris une autre tranche de bacon sur son assiette et s'en est frotté la main, sous la table. Puis il l'a reposée et a agité ses doigts devant Odin qui s'est mis à gazouiller en tendant les bras dans sa direction.

Ça expliquait que l'Empuanteur soit aussi gracieux avec lui. Et l'odeur dans ma chambre également.

– Très chère Harper, comment crois-tu que ton père réagira quand il va savoir que ton frère et ma sœur nourrissent son bébé avec du bacon froid à longueur de journée ? a-t-il demandé.

– Je ne sais pas, mon très cher Josh, ai-je répliqué. En tant qu'aînés bienveillants, nous ne pouvons pas décemment les dénoncer, n'est-ce pas ?

– Évidemment non. En tout cas, pas sans une bonne raison.

Nous avons ricané de façon exagérée, jusqu'à ce que le serveur me tende mon assiette de pancakes fraise-banane-chocolat-chantilly.

Quand je suis repartie vers la table, Josh lui commandait une crêpe saucisse-noisette-coulis de framboise de son ton le plus sérieux. Impassible, le serveur s'est exécuté, ce qui a eu l'air de le décevoir.

J'ai eu le temps de croiser le regard de Sean qui nous observait, suspicieux. Mais Lauren a commencé à raconter comment elle avait dû le mettre au lit tout habillé, ce qui a détourné son attention suffisamment longtemps pour que je me rassoie à côté de Justin, puisque Benji m'avait piqué ma place.

Pas longtemps, cela dit, parce que quand ma mère a senti son odeur, elle lui a ordonné de terminer fissa son petit-déjeuner et d'aller prendre une douche.

Durant le dîner, chacun a raconté des anecdotes de ski, et comme Sean a disputé Josh qui avait fait du hors-piste, Mumma s'est lancée dans un cours sur les façons de survivre en montagne. Benji a alors demandé si le cannibalisme était autorisé dans ces cas-là, parce qu'il avait vu un reportage sur des survivants d'un accident d'hélicoptère qui s'étaient entre-dévorés. Mumma a répondu que, oui, peut-être, si c'était une question de vie ou de mort. Justin est intervenu pour souligner que personne n'était en danger de mort à l'heure actuelle et que pourtant, tout le monde s'y adonnait allègrement.

Ma mère a regardé son assiette remplie de dinde en disant :

– Je ne vois pas le rapport, Justin.

Sean et mon père ont rigolé et ça n'a pas plu à ma mère.

Tuppa a tenu à faire un discours pour remercier mon père, et rappeler qu'il était heureux d'avoir toute sa famille avec lui, sauf son fils, sa belle-fille et ses petites-filles qui avaient préféré partir aux Bahamas. Après, il a fait un jeu de mots à propos de l'évasion fiscale et l'évasion filiale et il s'est enfin rassis, très content de lui.

Une fois dans ma chambre, pendant que tous les adultes retournaient au bar ou dans leur propre chambre, je me suis assise à la table devant la fenêtre avec mon ordinateur. Quelqu'un avait décoré l'arbre de neige avec des branches de houx et des rubans.

Je tenais peut-être là une histoire. Pas une histoire de Marie-Courgette. Une vraie histoire.

Mais les mots qui se formaient facilement dans mon esprit devenaient tout embrouillés sous mes doigts. Quelqu'un a frappé à ma porte. J'ai tout effacé.

Josh, évidemment.

– Devine qui a gagné le grand jeu des chambres musicales ? a-t-il lancé joyeusement.

J'ai rigolé. Poppy et Benji avaient réussi à s'enfermer dans la sienne avec la télé et refusaient de lui ouvrir. À mon avis, il ne les avait pas beaucoup suppliés.

– J'ai quand même réussi à récupérer ça. Joyeux Noël, Harper.

Il m'a tendu un petit paquet enrubanné.

J'ai déchiré le papier. C'était une vieille édition des *Hauts de Hurlevent*, en cuir tout craquelé, avec le titre en lettres dorées. Les pages avaient jauni. J'ai remercié Josh, même si je déteste les vieux livres.

– Ouvre-le, m'a-t-il ordonné.

Je me suis exécutée, d'autant plus gênée que je n'avais rien pour lui.

Dedans, il y avait écrit :

Pour ma Cathy. À jamais. Ton Heathcliff.

J'ai relevé la tête vers Josh, le cœur dans la gorge.

– Qui a écrit ça ? ai-je bredouillé, émue. Ce n'est même pas ton écriture.

Josh a confirmé d'un signe de tête.

– Aucune idée. C'était déjà dedans. Et tu sais quoi ? Je l'ai lu, ton foutu bouquin.

– Et ?

– Et c'était super chiant ! a-t-il soufflé avec une grimace. Franchement, qui a le temps de se prendre autant la tête ? Et puis toutes ces phrases qui ne veulent rien dire... Comme... comme... comme celle-là, tiens : « Je ne lui dis jamais mon amour en paroles... pourtant si les regards ont un langage, le plus simple d'esprit aurait pu deviner que j'étais fou amoureux ».

Il a débité sa phrase puis il a souri, à la Josh.

– Ma pauvre, il n'y a que toi pour t'exciter sur ce genre de bêtise. Tu imagines si un type te sortait ça ? Qu'est-ce que tu veux donner comme réponse à un truc pareil ?

Il attendait pourtant la mienne. J'étais incapable de parler.

Alors je lui ai sauté au cou. Et comme je ne sais décidément pas viser, ma bouche a atterri sur la sienne. Ça nous a étonnés tous les deux. Mais ça ne nous a arrêtés ni l'un ni l'autre.

J'aimerais bien pouvoir dire le contraire, pourtant. Du moins, si j'avais connu la suite, j'aurais peut-être eu une réaction plus mature. Je me serais écartée de Josh et j'aurais eu une discussion sérieuse avec lui.

Seulement, mes lèvres ont parfois leur propre logique.

– J'assure quand même, en cadeaux, a dit Josh au bout d'un moment.

Qui restait Josh, quoi qu'il arrive.

– Bon, d'accord, merci Mr. Gray aussi, a-t-il ajouté.

Qu'est-ce que Mr. Gray avait à voir là-dedans ?

– Heureusement que ma mère a réussi à le convaincre de me donner des cours particuliers. Assez étrangement, j'ai fait des progrès incroyables, étant donné que tu n'étais pas là pour me déconcentrer.

C'était plus que gonflé.

– Je suis entré à la bibliothèque municipale à cause de lui. Les deux après-midi les plus longues de ma vie. Ma mère était ravie, évidemment.

La bibliothèque. Juste à côté du centre commercial. Mais quelle idiote !

– Elle y allait avec Mr. Gray et toi ? ai-je demandé.

– Ben oui. Tu penses bien qu'elle tenait à m'y amener personnellement, pour être sûre que je ne me défile pas. À ce propos, tu as eu mes mots ?

– Tes mots ?

– Dans ton casier.

– C'était toi ? Mais Zach…

Josh a rigolé.

– Zach n'a été que mon messager. C'est un chouette mec. Heureusement qu'il était là. C'est même lui qui m'a conseillé d'essayer de te… enfin, de comprendre ce que tu aimais.

– Ton messager ?

Je me suis laissée tomber sur mon lit, telle une héroïne romantique. C'était horrible. Zach n'avait absolument rien à voir avec l'affaire du corbeau, qui n'était même pas un corbeau, mais Josh ! Mackenzie l'avait utilisé alors qu'il avait simplement essayé d'aider un ami.

– C'est quoi, le problème ? a questionné Josh. Tu aurais préféré que ce soit Zach ? C'était pourtant clair, que c'était moi !

– Comment voulais-tu que je le sache ? ai-je réussi à dire. C'était des menaces.

– Des menaces ? Je parlais de moi ! C'était des citations de ton foutu livre ! a-t-il balancé, en montrant *Les Hauts de Hurlevent* d'un geste de la main. Sauf la dernière qui venait de *Say Yes* d'Elliott Smith. Je pensais que tu l'avais compris !

Il s'est assis sur le lit, à côté de moi.

– OK, ça ressemblait un peu à des menaces. Mais j'étais en colère contre toi et contre moi d'avoir eu cette réaction et je me suis dit que si un type comme Declan avait réussi à te séduire, je le pouvais aussi.

– Ça ressemblait un peu à des menaces ?! me suis-je écriée. C'était carrément flippant, Josh.

– Tu es sortie avec Declan, je te ferais dire.

À côté de ça, les « Quel chocolat ? Oh, cette vieille tablette, je l'ai jetée, elle était périmée » de ma mère passaient pour des justifications crédibles.

Un bref instant, il a retrouvé son air crâneur de Josh. J'ai ouvert la bouche mais il m'a fait signe de me taire.

– C'était moche d'utiliser Shiny, je suis d'accord. Et de ne pas défendre Mackenzie contre Mercy.

– Et tes menaces à la Heathcliff.

– Je croyais que tu aimais ce genre de type ! Tu me bassines avec ton Heathcliff depuis des années !

– C'est un personnage de roman ! Dans la vraie vie, les types comme Heathcliff...

Josh a eu son rictus à la Josh.

– ... sont des Declan.

– On peut parler d'autre chose que de Declan ? ai-je maugréé.

Josh a eu un sourire tellement triomphant qu'on aurait dit qu'il venait d'être sélectionné pour les Jeux Olympiques. Je n'avais pas du tout envie de commenter l'histoire Declan avec lui, ni tout le mal que nous avions fait avec nos petites stratégies. Et pour cause !

À Zach et à Shiny, en tout cas. Shiny qui s'était préoccupée de moi alors que Mercy la poussait exactement dans le sens inverse. Et qui ne m'avait jamais rien fait de mal.

– Tu sais pourquoi je n'aime pas Declan ? a dit Josh.

– Je ne veux pas le savoir.

Il m'a ignorée.

– Pas parce qu'il te drague mais à cause de ses manigances. Moi, j'ai peut-être été un peu malhonnête avec Shiny. À ma décharge, je ne lui ai jamais vraiment fait croire quoi que ce soit. Declan se la raconte ténébreux solitaire mais il est de la même bande que les autres.

Il n'avait pas tout à fait tort. Declan fréquentait tous les groupes qui comptaient, sans faire partie d'aucun d'entre eux.

– Je déteste l'idée qu'on se soit retrouvés là-dedans, a ajouté Josh.

– Moi aussi.

Je ne savais pas comment j'allais pouvoir régler tout ce bazar, surtout.

– N'empêche, ne te fais pas d'illusion, m'a lâché Josh. C'est le dernier livre que je lis pour toi, ma vieille.

J'allais répondre quand il m'en a empêchée en m'embrassant.

Mais bizarrement : juste avec les lèvres, tout doucement.

Ça ressemblait aux baisers de Josh, sans être des baisers de Josh. Nous étions tous les deux sur mon lit. Son tee-shirt s'était relevé. J'ai posé mes mains sur son dos, à même sa peau.

Il a semblé hésiter puis il les a retirées, avec délicatesse.

Génial.

Peut-être que Chrissy finirait par chercher une colocataire. Avec un peu de chance, elle me laisserait même m'occuper de ses chats imaginaires.

– C'est quoi, le problème des garçons ? ai-je fini par demander à Josh.

– Les sous-vêtements trop serrés, a-t-il répondu en rigolant.

– Sans rire, Josh ? Imagine que là, on soit comme avant tout ça. Comme la fois où nous avons dormi ensemble.

– Comme hier soir ?

– Comme hier soir, ai-je confirmé. Et un peu comme aujourd'hui.

– Je vois.

Il ne voyait rien du tout. Comme d'habitude.

J'ai pris mon courage à deux mains.

– Est-ce que tu aurais envie de coucher avec moi ?

– Ouais, a dit Josh, hyper-détendu.

– Et est-ce que tu le ferais ?

– Non.

– Pourquoi ?

Il a froncé les sourcils.

– Parce que la première fois qu'on a fait du vélo ensemble, tu as failli me péter les deux dents de devant, Harper.

J'étais tellement mortifiée que j'ai mis quelques secondes à comprendre qu'il rigolait. Je lui ai pincé le côté. Il est redevenu sérieux.

– En vrai, c'est parce que ce serait notre première fois, à tous les deux.

Il m'a contemplée, un peu inquiet, pour trouver une confirmation sur mon visage.

– Oui, ai-je dit.

– Est-ce que je suis le seul à vouloir que ce soit spécial ?

J'ai secoué la tête, une boule dans la gorge. Il avait raison.

– On aurait pu, hein, a-t-il ajouté. Mais avant, nos parents nous emmerdaient avec ça et maintenant… Enfin, depuis la rentrée, tu as changé. Un peu.

– Et ?

– Et je ne change pas aussi vite que toi, moi, Harper, a-t-il murmuré gravement. Je crois que j'ai un peu la trouille, surtout. C'est minable, non ?

J'ai souri. Ça n'était pas minable. Moi aussi, j'avais la trouille, au fond.

– En plus, je te signale que je partage des vestiaires avec Flynn, a-t-il repris. Est-ce que tu as conscience du nombre d'anecdotes immondes qu'il peut raconter ? Par exemple, quand on...

La dernière chose que j'avais envie de connaître, là, tout de suite, c'était la vie sexuelle de Flynn. Mais Josh semblait parti pour continuer.

Alors, pour le faire taire, j'ai utilisé sa technique, je l'ai embrassé.

Quand nous avons refait surface, il était presque vingt-et-une heures.

Mon portable vibrait à répétition. Je n'avais rien entendu.

Le premier message venait de Mackenzie qui me souhaitait un joyeux réveillon. Le deuxième, de ma mère, qui me demandait si je savais où était son pull blanc avec les pompons rouges, qu'elle était sûre d'avoir apporté et qu'elle comptait mettre au petit-déjeuner.

Le troisième venait de Tuppa mais il était vide. Le quatrième aussi. Sur le cinquième, qui venait également de Tuppa, il y avait une série de smileys incohérents. Le sixième était encore de ma mère et demandait si j'avais vu le portable de mon grand-père.

Les deux derniers étaient envoyés par Declan. J'ai hésité mais la tentation de les envoyer paître, lui, son Emily et ses stratégies débiles, a été la plus forte, surtout maintenant que j'avais retrouvé Josh. Après tout, Declan m'avait entraînée là-dedans, il m'avait menti sur Emily et il n'avait jamais montré aucun remords à me séparer de Josh. J'ai ouvert le message.

C'était une photo.

Declan posait devant la plante verte que nous avions décorée ensemble, les mains dans les poches, avec une casquette blanche de côté sur la tête, de celles que les hommes portaient dans les années vingt, et une expression super drôle, genre dépressif chronique. En seul commentaire, il y avait « Cadeau de ma cousine Emily. Joyeux Noël, Farmer ! ».

Emily.

Sa cousine.

J'ai ouvert le dernier, un peu tremblante.

Il y avait simplement écrit : « Tellement Gatsby ».

« Si je sens que je tombe amoureux de toi, je n'aurai qu'à dire… Gatsby », a répété la voix de Declan.

J'ai senti mon cœur battre plus fort.

J'ai regardé Josh qui me souriait, allongé sur mon lit.

Qu'est-ce que j'avais fait ? Et surtout à qui ?

Je venais de tromper Declan avec Josh ! Et j'avais trompé Josh avec Declan de toute façon, parce que, visiblement, rien n'était terminé entre nous.

J'avais poussé ma meilleure amie à mentir au garçon dont elle était amoureuse, je l'avais soupçonnée de me mentir et nous avions tous manipulé Zach.

Et comble du désespoir, Declan était vraiment super craquant avec une casquette à la Gatsby.

La voix de Josh m'a tirée de ma stupeur.

– Qu'est-ce qu'il y a ?

Une série de coups à la porte lui a répondu, me sauvant in extremis d'une crise d'aveux lamentable.

J'ai hésité un instant, au cas où ce soient ma mère et Sean, alias la Brigade de la Chasteté, mais comme on insistait, j'ai fini par ouvrir la porte pendant que Josh se relevait, avec son petit air innocent qui ne tromperait personne.

Heureusement, ce n'étaient que Tuppa et Pranny, dans un tel état d'hilarité éthylique qu'ils auraient été bien imprudents de nous balancer.

– Salut, les retraités, a lancé Tuppa.

Il s'était affublé d'un chapeau de cow-boy à l'envers et d'un tee-shirt humoristique qui représentait un Père Noël sur une Harley.

– Il y a une room party terrible dans ma chambre, a hurlé le grand-père de Josh. Tout le monde y est, même le petit Jésus qui dort tranquillement dans sa crèche.

– Vu qu'il a dû boulotter déjà le bœuf, l'âne et mon téléphone portable, on a la paix jusqu'à l'arrivée des rois mages, a rigolé Tuppa.

– On vous a virés du bar, c'est ça ? a demandé Josh.

Tuppa lui a fait une série de « chut » plus ou moins discrets.

– Nous sommes partis comme des princes ! lui a rétorqué Pranny.

– Tout est sous contrôle, a bramé Tuppa. C'est moi qui ai fait la playlist !

Comme si c'était un argument…

Néanmoins, nous les avons accompagnés jusqu'à la chambre de Pranny. Toute la famille y était effectivement entassée. Pranny a sorti sa guitare et s'est mis à jouer. Sean et Granny ont chanté des chants traditionnels de Noël. Tuppa a mis sa playlist. Le voisin de Pranny est venu toquer à la porte pour signaler que tout ce bruit le dérangeait.

Tuppa lui a répondu que le rock n'était un dérangement que pour les réacs. Le type a traité Tuppa de vieux ringard. Mumma est intervenue, a balancé au type qu'elle ne permettait pas qu'on parle comme ça à un homme qui avait gagné une guerre, et lui a claqué la porte au nez.

Puis elle a embrassé Tuppa, devant tout le monde.

– J'espère qu'on sera comme ça quand on aura leur âge, a dit Inger à mon père.

– Dieu vous en préserve, a marmonné ma mère.

Mais elle souriait.

Nous avons continué à rigoler, à chanter et à raconter des anecdotes de Noël. J'étais un peu en retrait, comme toujours quand il y a du monde. Les yeux de

Josh ne me quittaient pas. Ça m'a serré le cœur, de le voir me sourire.

Une seule phrase m'est venue à l'esprit.

Une phrase toute simple, à propos d'un cœur brisé. Le début de quelque chose. Ou la fin. Je ne savais pas.

Un peu avant minuit, nous sommes tous repartis dans nos chambres pour nous changer. Puis Josh est venu me chercher, très galant, pour que nous descendions dans la salle de réception pour ouvrir nos cadeaux.

– Avant, j'ai quelque chose à faire, ai-je répondu.

Je me suis assise à la table. J'ai ouvert mon ordinateur portable. Les mots sont venus tout seuls.

J'avais fait un choix.

Chapitre 25

De : Harper <harperthereader@promnet.com>
À : Mr. Gray <litteraturejunioryear@std-high-school.com
Objet : La ferme américaine

Quand j'étais plus petite, l'activité que j'aimais déjà le plus au monde était lire. J'étais persuadée que lire permettait d'avoir plusieurs vies. C'était exactement ce que je voulais. Avoir plusieurs vies.

C'était incroyable de pouvoir être un jour une grande exploratrice et le lendemain, une espionne échappant aux Anglais sur un bateau de pirates. Un vieux monsieur regrettant son passé et le chapitre d'après, un petit garçon découvrant son avenir.

Vivre dans une ferme africaine et mourir dans une maison au milieu de la lande.

Je crois surtout qu'être Cathy, Karen ou Elizabeth était plus facile qu'être Harper, parce qu'être Harper n'avait rien de passionnant. Cathy, Karen ou Elizabeth savaient toutes où elles allaient. Moi, je ne sais rien sauf une chose : aujourd'hui, je n'ai plus envie d'être Cathy ou Karen ou même Elizabeth.

Je voudrais simplement avoir deux vies.

Pour de vrai.

Dans l'une d'elles, je pourrais continuer à être amoureuse du garçon que je connais depuis toujours, que je connais tellement bien que, depuis que je suis toute petite, je réponds quand c'est lui qu'on appelle et que tout le monde a fini par nous appeler « HarperetJosh », d'une seule traite.

Dans l'autre, je pourrais tomber amoureuse du garçon que je connais à peine et qui fait autant battre mon cœur, parce qu'avec lui, je me sens plus vivante et presque adulte.

Je voudrais donc avoir deux vies.

J'aimerais bien aussi aller en Afrique mais, soyons lucide, Los Angeles est déjà une destination assez dangereuse pour une Harper, même avec son père.

En plus, je doute qu'on y trouve des potagers.

Mais je vais quand même essayer. Je vais aller à Los Angeles. Peut-être qu'en revenant, j'y verrai plus clair, quitte à avoir le cœur brisé deux fois.

Ça ne sera pas aussi grave que de me tromper et surtout de tromper tout le monde.

Parce que je crois qu'un cœur, ça se brise parfois, mais ça ne devrait jamais s'éparpiller.

Harper

Christmas Playlist (de ma mère)

Avertissement : l'écoute répétée de cette playlist peut causer de graves dommages cérébraux.

– *All I want for Christmas Is You*, Mariah Carey, 1994.
– *Last Christmas*, WHAM !, 1984.
– *Baby, It's Cold Outside*, Glee Cast, 2010.
– *My Only Wish (This Year)*, Britney Spears, 1995.
– *I met an Angel (On Christmas Day)*, Auryn, 2012.
– *Let It Snow*, Dean Martin, 1965.
– *Silent Night*, Barbra Streisand, 1967.
– *It's Gonna Be A Cold Cold Christmas*, Dana, 1975.
– *I Want an Alien For Christmas*, Fountains of Wayne, 1997.
– *Have Yourself A Merry Little Christmas*, Judy Garland, 1944.

À suivre…

Dans cette série :

Tome 1

HANNAH BENNETT
HARPER in FALL (IN LOVE)
UNE FILLE, DEUX GARÇONS,
DE MOINS EN MOINS DE POSSIBILITÉS
RAGEOT

Tome 2

L'autrice

Hannah Bennett pourrait être l'un de ses personnages : elle aime ce qui est drôle, romantique, sarcastique et légèrement décalé. Et comme elle le déclare : « Pas étonnant, quand on n'a jamais quitté l'adolescence ! »

Retrouvez toutes nos nouveautés sur le site :
www.rageot.fr

Cet ouvrage a été composé par IGS-CP
à L'Isle-d'Espagnac (16)

Achevé d'imprimer en France en septembre 2018
chez Normandie Roto Impression s.a.s., Alençon
Couverture imprimée par Boutaux (Le Theil-sur-Huisne)
Dépôt légal : octobre 2018
Numéro d'édition : 5922 - 01
Numéro d'impression : 1803359